四时幽赏

在西湖的诗意栖居

陈云飞 编著

浙江摄影出版社
全国百佳图书出版单位

四时
画册

引 言

明代著名戏曲家、藏书家、养生达人、精致生活家高濂，又名士深，字深甫，又作深父，号瑞南道人，别号湖上桃花渔，钱塘（今浙江杭州）人氏。约生于嘉靖初年，主要生活在万历时期。曾于北京候选鸿胪寺三年，后归乡隐居西湖。

深甫先生一生爱好广泛，著述甚多。他久居西湖，雅尚幽赏，对武林诸景揽于一心，永矢勿谖。所著《四时幽赏录》，以其独特的审美视角，精悍清新之笔触，为人们勾勒出西湖四时芳容，充满真趣。这种以四季景观描绘西湖游赏之境趣的写法实属匠心独运，别于他作，令人耳目一新，心驰神往。其笔下杭州四时四十八种幽赏闲事，命名雅丽，时空清幽，妙趣天成，无不体现晚明文人静观万物的审美心态，并在游览中将审美升华，丰满了西湖山水的人文内涵和精神品质，对后世景观营造及游人欣赏品味无不具有借鉴与引领价值。

《四时幽赏录》条录成册，单本刊行，自序写于万历八年（1580）庚辰腊月。后辑入其《遵生八笺》之《四时调摄笺》中，与素心同调之人共之。高濂《遵生八笺》十九卷成书于万历十八年（1590），可谓中国古代养生学集大成者，《四时幽赏录》亦随此书传诸后世，为世人争相宝爱。

《遵生八笺》于万历十九年（1591）由雅尚斋原刻。日本宽文七年（1667，清康熙六年），日本儒医野间三竹根据高濂《四时幽赏录》用彩绘本形式描述西湖四季景色流转，并列叙诸般风雅闲事，流传甚广。日人对西湖倾慕之心可见一斑。清嘉庆十五年（1810），有弦雪居重订本。清光绪二十年（1894），钱塘八千卷楼楼主丁丙将《四时幽赏录》收入《武林掌故丛编》第十五集。美国人德贞（J.Dudgeon）曾于1895年将此书译成英文，在国外广为流传。

数百年间一梦看。

四百多年前，高濂写就《四时幽赏录》。他似一位藏宝人，悄悄远离宋、元以来大众耳熟能详的"西湖十景""钱塘十景"，以自身对天地成景规律的认知，在西湖鲜为人知的幽境中捻须微笑。

如今，历史变迁，城市发展，书中景目多半已非旧观，哪怕本乡人也往往是雾里看花，不知书中人身在何地，倘外乡人游观西湖，若要深味高濂四时幽赏的真趣更是为难。

文字是他留下的密码，破译在于素心同调的热爱与身体力行的走读。

于是，书成。

仅以此书，献给热爱西湖世界文化景观遗产的人们。

目 录

四时幽赏·春时幽赏 / 001

孤山月下看梅花 / 003

八卦田看菜花 / 009

虎跑泉试新茶 / 015

保俶塔看晓山 / 022

西溪楼啖煨笋 / 027

登东城望桑麦 / 032

三塔基看春草 / 037

初阳台望春树 / 041

山满楼观柳 / 047

苏堤看桃花 / 053

西泠桥玩落花 / 058

天然阁上看雨 / 062

四时幽赏·夏时幽赏 / 069

苏堤看新绿 / 070

东郊玩蚕山 / 074

三生石谈月 / 080

飞来洞避暑　/ 084

压堤桥夜宿　/ 089

湖心亭采莼　/ 095

湖晴观水面流虹　/ 099

山晚听轻雷断雨　/ 105

乘露剖莲雪藕　/ 110

空亭坐月鸣琴　/ 115

观湖上风雨欲来　/ 119

步山径野花幽鸟　/ 123

四时幽赏·秋时幽赏　/ 129

西泠桥畔醉红树　/ 130

宝石山下看塔灯　/ 135

满家弄赏桂花　/ 139

三塔基听落雁　/ 143

胜果寺月岩望月　/ 147

水乐洞雨后听泉　/ 151

资严山下看石笋　/ 155

北高峰顶观海云　/ 159

策杖林园访菊　/ 164

乘舟风雨听芦　/ 170

保叔塔顶观海日　/ 174

六和塔夜玩风潮　/ 179

四时幽赏·冬时幽赏　/ 185
湖冻初晴远泛　/ 186
雪霁策蹇寻梅　/ 191
三茅山顶望江天雪霁　/ 197
西溪道中玩雪　/ 200
山头玩赏茗花　/ 204
登眺天目绝顶　/ 208
山居听人说书　/ 212
扫雪烹茶玩画　/ 216
雪夜煨芋谈禅　/ 220
山窗听雪敲竹　/ 224
除夕登吴山看松盆　/ 228
雪后镇海楼观晚炊　/ 232

附　录　/ 237
《四时幽赏录》单行本高濂自序　/ 239
丁丙跋　/ 240
高子游说　/ 241

后　记　/ 243

山翠绕湖，容态百逞，独春朝最佳

四时幽赏·春时幽赏

清－华嵒《林和靖梅鹤图轴》(局部) 安徽博物院藏

孤山月下看梅花

孤山[1]旧址,逋老[2]种梅三百六十。已废。继种者,今又寥寥尽矣。孙中贵[3]公补植原数。春初玉树参差,冰花错落,琼台[4]倚望,恍坐玄圃[5]罗浮[6]。若非黄昏月下,携尊[7]吟赏,则暗香浮动、疏影横斜[8]之趣,何能真见实际?

1 孤山:在西湖"西泠桥"与"平湖秋月"之间,界里外二湖,碧波环绕,山上树木葱茏,其间楼阁参差,胜绝诸山。北宋著名隐逸诗人林逋曾隐居孤山北麓,墓亦在焉。
2 逋老:即林逋。
3 孙中贵:孙隆,明嘉靖年间生人,万历初为司礼监太监,曾两度受命提督苏杭织造,后又兼任苏、松、常、镇四府税监,对西湖景观修复颇有贡献。宦官受皇帝宠信而富贵,被称为"中贵"。
4 琼台:夏帝癸(桀)之玉台,此处指望梅之所。
5 玄圃:传为仙人所居之地,在昆仑山上。
6 罗浮:在广东惠州博罗县界,传为东晋葛洪得仙术处。
7 尊:同"樽",酒具。
8 疏影横斜:"暗香""疏影"出自林逋《山园小梅》句:"疏影横斜水清浅,暗香浮动月黄昏。"

西湖苏堤跨虹桥下东数步，曾有一座"山满楼"，那是高深甫先生的藏书之所，亦是他悠游湖上居住歇息的地方。孤山就在苏堤的东面，深甫先生常去。

　　湖山冬寂，一里外的孤山梅花恰是湖上春信，若北宋和靖先生尚在，定会让白鹤翔于湖上，邀约高子同赏。深甫先生对这一带太过熟稔。他的"山满楼"所藏之书多宋版，握卷在手，细嗅墨香，如晤宋人。

　　"疏影横斜水清浅，暗香浮动月黄昏。"淡雅娴静的美，须得一颗居闲趣寂的心来深味。深甫先生常去孤山怀想五百年前的先贤。他姓林，名逋，字君复，后人称之为"和靖先生"（967—1028）。书载，和靖先生孤高自好，为人恬静，淡泊荣利，曾漫游江淮，不惑之年隐

清　钱杜《孤山梅隐图卷》（局部）　杭州西湖博物馆藏

居西湖，结庐孤山。他喜种梅养鹤，自谓"以梅为妻，以鹤为子"，人称"梅妻鹤子"。人们愿意接受这样的隐士形象，以至于他亦有家室，也被后人"隐"去了。孤山上曾有林逋手植的梅树，或称有三百六十株，早已尽数荒废。后来，总有人慕先生之名节，踵先生之旧业。梅树屡种屡毁，屡毁屡种，孤山竟也成了湖上赏梅胜地。每每春寒料峭的夜晚，深甫先生会携酒樽从苏堤山满楼踱步到孤山，在高低参差的梅树间看玉树琼花错落有致。倚花深处亭台，恍惚玄圃罗浮神仙居处。月上西湖，深甫先生想来亦是有了诗兴，不在梅下饮琼浆，又岂得体会和靖先生"暗香浮动、疏影横斜"之幽趣哉？醉眼蒙眬，仿佛淡妆人在罗浮，翠袖翩翩起舞，婉转清丽，不胜遐思……

清康熙帝临书《舞鹤赋》碑拓及孤山放鹤亭旧影

月下看梅，酒意阑珊，前尘梦影历历。和靖先生殁后留葬孤山北麓。临终绝句："湖外青山对结庐，坟前修竹亦萧疏。茂陵他日求遗稿，犹喜曾无封禅书。"传说他养的鹤在墓前悲鸣而死，人们将鹤葬于墓侧，取名"鹤冢"。元代郡人陈子安在林和靖隐居地"巢居阁"旧址上所建的放鹤亭，想必深甫先生到过。现在人们看到的这座亭子是1915年重建的。平台开阔，栏杆上有石狮憨态可掬。楹联清嘉："水清石出鱼可数，人去山空鹤不归。""山外斜阳湖外雪，窗前流水枕前书。"

和靖先生是有后人的。南宋绍兴年间（1131—1162）进士、《山家清供》的作者林洪自称是林逋七世孙。清嘉庆二十五年（1820），林则徐（1785—1850）任浙江杭嘉湖道时曾发现一块碑记，记载林逋归隐之前确有后裔。林则徐仰慕这位本家先人，主持重修林和靖墓及放鹤亭、巢居阁等古迹。他那句"世无遗草真能隐，山有名花转不孤"含义深幽，想必也是某年月下寻梅至此所得。当然，这些后事，深甫先生未可得知，被清道光至咸丰年间在福建为幕僚的钱塘人施鸿保（？—1871）记录在了《闽杂记》里。

然，孤山探梅却是风雅人士每年早春的一桩心事。古剑陶庵老人张岱（1597—1680）趁着月夜来拜谒和靖先生墓，有《林和靖先生墓柱铭》："云出无心，谁放林间双鹤。月明有意，即思冢上孤梅。"清康熙三十八年（1699），康熙帝（1654—1722）南巡杭州至孤山行宫，临摹明代董其昌（1555—1636）手迹书写南朝鲍照（416？—466）《舞鹤赋》，字迹圆劲秀逸，布局疏朗匀称。上钤"康熙御笔之宝""万几余暇"等三印，碑文四周阴刻云、龙、火焰、宝珠等纹饰，皇家气派

暗香浮动

烘染清野之地，却不知和靖先生认可否。

放鹤亭一带一直是孤山赏梅最胜处。林逋墓庐有梅花拥卫，放鹤亭左右亦广植蜡梅，开时清香四溢，这一片香雪海在清代亦是"西湖十八景"之一。

和靖先生或无心将这片洁寂之地为外人道，深甫先生却高朗其怀，旷达其意，愿人不负真境，有生之年携樽前来，就着月下清影，但看檀香性急，宫粉俏丽，朱砂浓艳，洒金妖娆，那一枝绿萼洁白素雅天宠幸。

怪我来何晚，倏忽千年。

八卦田[1]看菜花[2]

宋之籍田[3]，以八卦爻画[4]沟塍[5]，圃布成象，迄今犹然。春时，菜花丛开，自天真高岭[6]遥望，黄金作埒[7]，碧玉为畦，江波摇动，恍自河洛图[8]中，分布阴阳爻象[9]。海天空阔，极目杳然，更多象外意念。

---

1 八卦田：八卦指《周易》中八种基本图形，由阴阳符号组成名为乾、坤、震、巽、坎、离、艮、兑等八种卦相。八卦田则是以八种图形来规划的田地。在玉皇山麓天龙寺下，中阜规圆，环以沟塍，作八卦状，俗称"九宫八卦田"。
2 菜花：指菜花或油菜花。
3 籍田：亦作"藉田"。古代天子、诸侯征用民力耕种的田。相传每逢春耕前，由天子、诸侯执耒耜在籍田上三推一拨，以示对农业的尊重。
4 爻（yáo）画：指《易》卦。
5 沟塍（chéng）：沟渠和田埂。
6 天真高岭：玉皇山上有天真禅寺，故又名天真高岭。
7 埒（liè）：矮墙，界址。
8 河洛图：河图与洛书是中国古代流传下来的两幅神秘图案，是中华文化阴阳五行术数之源。最早记录在《尚书》之中，其次在《易传》、诸子百家多有记述。太极、八卦、周易、六甲、九星、风水等皆可追源至此。《易·系辞上》有"河出图，洛出书，圣人则之"之说。
9 爻象：卦象，即卦所显示的形象，借以推论人事变化。

南宋 《耕获图》(旧题杨威作) 故宫博物院藏

八卦田位于玉皇山南麓，田分八块，中间为一圆形高阜，状如八卦，因此得名。明代田汝成（1503—1557）《西湖游览志·南山胜迹》载："宋籍田，在天龙寺下，中阜规圆，环以沟塍，作八卦状，俗称九宫八卦田，至今不紊。"这是最早将八卦田视为南宋皇家籍田的文字。

传说，北宋王朝丢失京都汴梁（今河南开封）后，一路退到临安（今浙江杭州），偏安一隅，夜夜笙歌。皇帝不思进取，民怨悄然生起。有大臣察觉民情后，根据《易经》乾卦指示，提议皇上开辟一块皇家籍田躬耕，以示与庶民同甘共苦。为了显示君德，南宋绍兴十三年（1143）正月，宋高宗采纳了礼部的提议，开辟籍田于国都南郊。春耕开犁时，皇帝亲率文武百官到此行"籍礼"，执犁三推一拨，以祭先农，表示对农事的尊重和对丰收的祈祷。事实上，皇上只是给老百姓做做样子，并没有真正亲耕。到后来，籍田就作为良田由附近居民耕作。

按深甫先生记录，明代时八卦田形制仍十分清晰。春天，菜花一齐开放的时候，从高处的天真山（玉皇山）岭遥望八卦田的油菜花，田塍如黄金所作，田地像碧玉一般，远处钱塘江波光摇动，俨然如河洛图中分布着阴阳相交成卦的形象。海阔天空，尽目力所极，杳然幽寂。

不过，田汝成和高深甫所说的八卦田，是否真是宋之籍田？自他们同时代始就有人提出疑问。明嘉靖年间（1522—1566），提学使阮鹗（1509—1567）曾建太极亭于八卦田中阜。明万历年间（1573—1620），知县聂心汤重修太极亭。在其编撰的《万历钱塘县志》上写道："育皇山（玉皇山）……前有龟畴田，宋郊坛也。"清代藏书家翟灏（？—1788）也在其《湖山便览》"宋籍田"条目中对田汝成《西湖游览志》的表述予以否定，并在"太极亭"条目中，得出八卦田是南宋郊坛的结论。是否明人误读了王守仁（1472—1529）写的《答钱德洪卜筑天真书院》一诗中"龟畴见宋田"句，望文生义，把八卦田当成南宋籍田了呢？直至近现代，越来越多的学者从宋代史料及地理形胜上考辨八卦田并非南宋籍田，而是规制更高、用来祭祀昊天上帝的拜郊坛。就在笔者撰写此文时，杭州市考古所正立项组织遗址勘探。相信，不久的将来，八卦田是南宋籍田还是皇家礼天的郊坛遗址将大白于天下。

沧海桑田，多少往事已成谜？明代以后，八卦田一直作为良田由附近居民耕种。中华人民共和国成立后，八卦田至少经历了两次重要的整修。或许南宋籍田的说法已深入人心，1983年重整的八卦田呈正八边形，直径25米。中间的土丘，直径70米，高2.8米。2007年再一次整治，工程面积达10万平方米，八卦田的形制更加规整了，农作物种植也是以展现农耕文化为主线，综合考虑了立地环境、作物生长的自然规律、"南宋九谷"品种的发展演变等因素，将种植区域分为环核心区、中心区和外围区块。环核心区主要种植龙井茶等具有杭州本土特色的农作物，以及部分时花；外围区配置了紫、绿二色甘蓝等经济类蔬菜；中心区面积最大，按卦位分别种植了籼稻、糯稻、大豆、茄子、绿豆、粟、红辣椒、四季豆等农作物。八卦田四周还种植了大量的乔灌木植物作软隔离。环绕的溪流可用来浇灌，水中还种植了茭白、芦苇、荷花等水生植物。池塘生春草，云日相辉映，游人走在木

八卦田看菜花 | *013*

八卦田鸟瞰

桥上，悠然惬意。

　　无论八卦田曾经的身份如何，现在，它俨然已是城市中的一座桃源，人们在这里体验古老的农耕文明。每到春天，八卦田里的油菜花一片金黄。老杭州人都喜欢像深甫先生那样去往玉皇山高处俯瞰八卦田，最妙处便在玉皇山的紫来洞。近几年因山林植被茂盛，下探八卦田的视角被遮挡了大半。而孩子们则更愿意走进八卦田，在田塍上奔跑，将自己的身体隐匿在花海里。这样的景致，最让游子思乡，也最让人怀旧。

　　耳边响起《油菜花开的季节》温暖的吟唱："故乡的原野一片金黄，迎面的风像母亲温暖的气息，故乡的春天就在这异乡的空气中了。我停留的世界，那些不想要的浮华，闭上双眼，没有画面，我寻找的世界，依然梦一样遥远，若隐若现，梦里画面，一片金黄……"

虎跑泉[1]试新茶

　　西湖之泉,以虎跑为最;两山[2]之茶,以龙井[3]为佳。谷雨[4]前采茶旋焙[5],时激虎跑泉烹[6]享,香清味冽,凉沁诗脾。每春当高卧山中,沉酣[7]新茗一月。

1　虎跑泉:在西湖西南大慈山白鹤峰下定慧禅寺(俗称虎跑寺)侧院内。
2　两山:指西湖南、北两山。
3　龙井:位于西湖南高峰西侧凤篁岭上,原名龙泓、龙湫。有两龙井。上为老龙井,一泓寒碧,清冽异常,其地产茶,为两山绝品。
4　谷雨:节气名。一年中第六个节气。每年的4月19日或20日或21日为谷雨日。谷雨前采的茶,又名"雨前茶"。
5　旋焙:即时炒茶。
6　烹:言烧水煮(冲)茶。
7　沉酣:言酒醉,又言醉心于某事。

"龙井茶，虎跑水"，湖上两样最美的风物，这可是高深甫先生最早在他《遵生八笺·饮馔服食笺》里列举出来的，以至于后来有了"西湖双绝"的美誉。

一部《遵生八笺》，让后人从文字里识见了四百年前的一位生活艺术家。他将养生格言记录成《清修妙论笺》，将按时修养的要诀写成《四时调摄笺》，那些可资颐养的宝物器用收入《起居安乐笺》，服气导引诸术归入《延年却病笺》，食品名目、服饵诸物则统于《饮馔服食笺》，赏鉴清玩、养花莳草事见诸《燕闲清赏笺》，经验方药集结成《灵秘丹药笺》，历代的隐逸人事足迹流传于《尘外遐举笺》。

几乎每一笺里都有茶事。茶，被深甫先生列入养生佳品，为服食首选。他在《遵生八笺·饮馔服食笺·茶泉类·论茶品》之《茶效》中云：

> 人饮真茶，能止渴、消食、除痰、少睡、利水道，明目、益思，除烦、去腻。人固不可一日无茶。

好在深甫先生身在西湖，可享受好山好水好茶。想必他一定读过唐代茶圣陆羽（733—804）写的《茶经》，那《茶经·八之出》里写道，钱塘的茶，出在天竺、灵隐二寺。北宋时，西湖灵竺一带上天竺白云峰产的叫"白云茶"、下天竺香林洞产的叫"香林茶"，葛岭宝云山产的称"宝云茶"，均被列为"岁贡"，"并称佳品"。相传北宋时住持上天竺寺的辩才法师，晚年退居风篁岭老龙井，将上天竺白云茶移

龙井狮峰茶山

栽到此，龙井这一带产茶开始声名渐远。辩才法师被后世尊称为"龙井茶祖"。元代后，龙井产的茶屡见于文人诗篇，将之喻作"翠影""黄金芽"。及到深甫先生所在的明代，龙井茶名声日著。田汝成《西湖游览志》、田艺蘅《煮泉小品》中都将龙井所产之茶评定为西湖南北两山所产茶中之"绝品"。高濂在《茶泉论》中说龙井茶："真者天池不能及也。山中仅有一二家，炒法甚精。近有山僧焙者，亦妙，但出龙井者，方妙。而龙井之山，不过十数亩。"龙井茶产地山灵水秀，加

明　孙枝　《西湖纪胜图·虎跑泉》　宁波天一阁博物馆藏

虎跑梦泉

之炒制工艺"甚精",又所产不多,终成为不可言说之"妙品"。

"泉从石出清且冽,茶自峰生味更圆。"西湖出好茶,也不乏激活茶性的好水。西湖旧称有三大名泉,为"龙井""虎跑""玉泉"。其中,又以虎跑泉最宜茶。张岱《西湖梦寻·卷五·西湖外景·虎跑泉》载,明洪武十一年(1378),学士宋濂(1310—1381)朝京,途经大慈山下,主僧邀濂观泉,遂作铭以记之。"城中好事者取以烹茶,日去千担。寺中有调水符,取以为验。"

虎跑泉的来历,民间还流传着一个美丽的传说。相传大慈山白鹤峰下有定慧寺,唐代高僧性空在此地投宿,附近没有水源,正准备离

虎跑定慧禅寺旧影

去,夜梦神者来见,告之:"南岳有一童子泉,当遣二虎将其搬到这里来。"第二天,果然看到两只老虎以爪子跑地,瞬间跑出一个泉眼来,据说水量丰沛,日产千担,"寺僧披衣同举梵咒,泉鬐沸而出,空中雪舞"。传说或不可信,却也给虎跑泉蒙上了一层神秘的宗教色彩。虎跑泉水质甘洌醇厚,人称"天下第三泉";龙井茶品格清奇,素有"绿茶皇后"的美誉。两者搭配,茶泉相融,将西湖龙井色绿、香郁、味甘、形美"四绝"发挥到极致。难怪深谙茶道的深甫先生还不忘在他

清　董棨《太平欢乐图·杭州泉水》

的《春日幽赏》中记下一笔，传于同好。

西湖泉水，以虎跑泉最好。两山之茶，以产自龙井者最佳。候至谷雨前，将采来的新茶立即焙制，且用虎跑泉水烹煮，香清味冽，沁人心脾，让人不由得想作诗一首。每年春季都应当去到山上，悠闲地高枕而卧，沉浸在茶香里，细细品它一个月的新茶，那才叫一个过瘾。

以虎跑泉烹龙井雨前茶，可谓占尽品茗之天时地利。这深甫先生也算得上古今难得一"茶痴"了。

保俶塔[1]看晓山

　　山翠绕湖，容态百逞，独春朝最佳。或雾截山腰，或霞横树杪[2]。或淡烟隐隐，摇荡晴晖；或峦气浮浮，掩映曙色。峰含旭日，明媚高彰；风散溪云，林皋[3]爽朗。更见遥岑[4]迥抹柔蓝，远岫忽生湿翠，变幻天呈，顷刻万状。奈此景时值酣梦[5]，恐市门[6]未易知也。

1　保俶塔：原刊本作"保叔塔"。在西湖宝石山巅。又名保叔塔、宝石塔、宝所塔、保所塔、应天塔。相传为五代末宋初吴越王钱俶时期（948—978），为保佑吴越王钱俶北上京城平安归来所建。
2　杪（miǎo）：树枝的细梢。
3　皋：泽。林皋指泽边的林地。
4　岑：指山小而高。
5　酣梦：熟睡。
6　市门：城门，这里指居住在城门里的市井百姓。

西湖云水

　　西湖三面云山，中涵一湖碧水，山林青翠，倒映湖中，呈现出千姿百态的景象。一年之计在于春，一日之计在于晨。春天的清晨处处洋溢生发之气，最让人觉着朝气活力。早起，登上宝石山，在保俶塔下看西湖晨光中的三面云山。有时云雾在山间缭绕，山腰像被分截开来；有时朝霞横陈在树梢，将山树染上丰富的色彩；有时淡淡的烟岚在山间隐隐约约，朝阳像在缓流中迂回摇荡；有时山峦中的云烟沉沉浮浮、飘飘荡荡，掩映着黎明的天空。山峰托着旭日东升，明媚的朝阳展现在高空。晨风渐渐吹散山溪升腾的雾气，山林水岸清爽明朗起来。在保俶塔遥望，远处的山岭像抹着柔亮的蓝彩，远山的云，忽而生出湿润的翠色来，各种变幻，天然呈现，瞬间幻化出万千形态。可惜啊，此时的美景，酣睡在梦中的市井百姓恐怕是欣赏不到了。

字里行间，竟读出深甫先生独享美景的小窃喜。

宝石山位于西湖北侧，保俶塔耸立在宝石山上。塔为砖石结构的实心佛塔，是湖上的"美人"，俏丽秀美，如窈窕淑女，婷婷倩影印在湖天之上。她与南山静默如老衲的雷峰塔相映成趣，是湖上天际线令人注目的点睛之笔，成为西湖闻名于世的标志。保俶塔又名应天塔、宝石塔、宝所塔等，学界认为其建造之初是一座九级实心砖砌佛塔，最早建成时间应为五代吴越王钱俶时期（948—960）。关于她由来的传说有很多，流传最广的便是其为保佑吴越忠懿王钱俶北上进京、平安归来而建。北宋咸平年间（998—1003）塔坍，重修时改成七级。元、明时期，宝塔屡毁屡建。明万历七年（1579），塔被重修为七层楼阁式塔，游人可登高远眺。难怪高深甫先生看到的西湖云山视野更加开阔，气象万千。1924年，保俶塔倾斜。1933年，时任杭州市市长赵志游及邑人组织重修，耗时四月，花费两万余元。重修后的保俶塔为八面七级砖砌实心塔，塔高45.3米，底层边长3.26米，塔刹构件倒是明代原物，可惜此后再也不能像深甫先生那样登塔看晓山了。

1996年年初的某日，时任杭州市园林文物局岳庙管理处文物科长的沈立新发现保俶塔有拳头大的"铁块"从塔上坠落。这可事关游客生命安全。属地单位一方面购置高倍望远镜，组织人员对宝塔进行严密监测，一面加紧行文上报有关部门，要求对塔刹进行维修。经过勘

保俶塔旧影

察，为明代塔刹严重朽坏。1997年，维修工作启动，并专门按黄历挑了一个吉日，由沈立新主持"启顶"仪式，他亲手卸下七节青铜皮打造的刹尖以及火焰珠。其中，在第六节刹尖发现刻有《普庵咒》，宝珠内藏有铜制经筒，上刻六字真言（梵文），筒内有朱书《金刚般若波罗蜜经》等物。这些纪念物应是1933年重修保俶塔时放入的。塔刹维修方案由浙江省文物局、杭州市文保所的专家共同研究制订；华东设计院、杭州园林古建工程公司、杭氧集团铸造厂等单位参与了保俶塔新塔刹的维修更换工作。作为管理者代表，篆刻家沈立新还特别刊刻了一枚"保俶塔"石章置于塔顶。这枚石章的边款概述了这次修塔经过，以示后世。《浙江画报》还对此次维修作了题为《美女重梳妆》的专文介绍。后来，换下来的塔刹，也进行实地保护，放置塔旁，供人参观。盛世修塔，一时传为美谈。

保俶塔下的这座宝石山，也曾被称为保俶山，是由侏罗系块状熔结凝灰岩构成的。山上多天然奇石，赭色岩石中嵌满闪闪发亮的玛瑙状晶体，每当阳光照射山体，满山流霞缤纷。尤其是朝阳或落日洒沐时，宝石山熠熠生辉，披着霞光的保俶塔分外耀目清秀。1984年，由《杭州日报》、杭州市园林文物局等单位发起举办的"新西湖十景"评选中，"宝石流霞"列入新十景。1989年，康有为（1858—1927）女弟子、时年八十七岁的萧娴（1902—1997）题书"宝石流霞"，书法遒媚，刻于宝石山川正洞西20米的崖壁上。

西溪¹楼啖²煨³笋

　　西溪竹林最多,笋产极盛。但笋味之美,少得其真。每于春中,笋抽⁴正肥,就彼竹下扫叶煨笋,至熟,刀截剥食,竹林清味,鲜美莫比。人世俗肠,岂容知此真味。

1　西溪:西湖外景之一,在西湖北山北面,主流沿宝石山绕老和山而行,全长十八里。有秋雪庵、茭芦庵等名胜。
2　啖:吃。
3　煨:把食物直接放在带火的灰里烤熟。
4　笋抽:植物长芽曰抽。笋抽,即笋芽。

西溪竹林最多。据明代冯梦祯云，"法华多笋，钱塘之门日进竹竿万个"。法华山在西溪，可见西溪种竹规模之盛。竹盛，笋的产量自然就高。明万历年间，释真一居龙归坞龙归院。其地多笋，梅花亦极盛，因作《笋梅谱》二卷。其中记载西溪笋品种繁多，如乌哺鸡、白哺鸡、猪蹄红、鲜芽、鹭鸶青、尖头青、毛笋、边笋、雷山笋、红笋、苦笋，等等，并载有相关的栽培方法。他还说："江南吴越皆多笋，然未有过于武林法华山，其品为最高。"

"瞻彼淇奥，绿竹猗猗。"（句出《诗经·国风·卫风·淇奥》）古人眼中，竹子高雅，居不可无竹。食笋的习俗也很古老。《诗经·大

清　吕焕成《西溪图卷》（局部）　上海博物馆藏

雅·韩奕》中就有"其蔌维何，维笋及蒲"。笋是上天对西溪人朴实勤劳的回馈。明代顾简《古福胜院记》中记录释大善在西溪禅隐的生活："师初住庵，有弟子明遣，禅诵之余，服勤力作，岁取茶笋以自给，粗衣粝食，无求于人。"释大善则在《龙归院》诗中称其："鳗芽猪脚皆堪谱，为诱馋人作笋媒。"笋的味道极美，然而只有体劳心闲者才能识其真味，高深甫先生说很少有人真正懂得如何品尝到笋的美味，那是因为很少有人会在美食上真正用心思，下功夫。

每到仲春时节，西溪的笋破土而出，见风即长，肥美鲜嫩。去到竹林，欲得美味，必先劳作。竹子全身是宝。用竹耙将竹下落叶扫拢，

山家清供

竹叶用作柴火，搭起野灶，生起野火，就地煨笋。煨，就是将笋带壳丢进竹叶生起的火堆里炙烤。等笋熟了，用刀在笋壳上划开口子，顺着口子，趁热剥来吃。这样煨出来的笋，味道纯真，鲜美无比，真乃竹林清味啊。世间那庸俗的食肠，岂容来感知这真正的美味！字里行间感受到一个活脱脱自鸣得意、自得其乐的美食家。

如今，人们的餐桌上竹笋一年四季皆有，大多也因土质、化肥、气候，甚至是得来太容易等原因，早已没有深甫先生口中的真味了。不过，愿意付出辛劳的老饕们，总会效仿古人的风雅，想出各种笋的吃法来。他们不惜去到西溪的竹林，先学当地笋农，跟那些裹着厚厚笋衣、躲在泥土里的笋子来一场捉迷藏寻宝热身；再到笋农那偷厨艺。一方水土养一方人。西溪的农人有一种很传统的食笋方法，称作"黄泥烤笋"。先取黄泥、盐和清水拌成厚泥糊，涂裹在嫩笋的外壳上，然后将涂泥的笋在炭火中烤至泥质干燥色白、发硬，取出。敲掉笋外壳的黄泥，剥壳去根，再将笋肉切片或丝，装盘。另备姜末、酱油、麻油放在碗中拌和，浇在笋上，就可以吃了。这种啖笋的方法去高深甫先生所在的明代已有四百多年之久，与之仍颇为相似。黄泥巴涂在笋壳外，似叫花鸡的做法，有保温和密封的作用，可以包住笋壳，让笋受热均匀，保证内里笋的持嫩度，香气也不会在制作过程中随着温度升高而散失。这样的煨笋，若是在竹林下，用竹叶做燃料，即使不加任何佐料，也是鲜美无比的，仿佛品尝到了深甫先生当年吃到的竹林清味呢。

登东城[1]望桑麦

桑麦之盛,惟东郊外最阔,田畴[2]万顷,一望无际。春时,桑林麦陇[3],高下竞秀,风摇碧浪层层,雨过绿云绕绕。雊雊春阳,鸠呼朝雨。竹篱茅舍,间以红桃白李,燕紫莺黄,寓目[4]色相[5],自多村家闲逸之想,令人便忘艳俗[6]。

---

1 东城:杭州城东郊外。
2 田畴:即田地。
3 陇:通"垄",麦田埂。
4 寓目:过目,过眼之处。
5 色相:佛教用语,指万物的形貌。
6 艳俗:指红尘俗事杂物。

清　陈枚《耕织图册·三耘》　台北故宫博物院藏

　　深甫先生虽是个读书人，但也乐意了解农事，并且以一个生活艺术家的眼光去欣赏农家的生产劳动。他眼中的农村，风光无限，充满生机。

　　在他的视野里，城东郊外大片大片绿油油的田地，一眼望不到边。春天，桑林与麦垄，高高低低，像在竞争谁的长势更好。春风吹拂，桑枝摇曳，麦浪翻滚，像碧绿的海浪，层层涌动；春雨过后，又如绿色的云彩袅袅绕绕。野鸟在春日的阳光里欢叫,斑鸠在春晨的朝雨里呼唤。近处是农家的竹篱茅舍,间种着桃树、李树。桃红李白,还有燕紫莺黄,映入眼帘的尽是美丽的色彩。东城的这些美景,让人多有乡村人家恬静安逸、清闲自适之想啊。"暧暧远人村,依依墟里烟。狗吠深巷中,鸡鸣桑树颠。"[1]这样的归园田居,令人忘却都市灯红酒绿的喧嚣。

杭城东北门即艮山门一带,自宋、元以来就是"杭纺"的主要生产地,这里个体丝织业很发达,机纺作坊遍布,机杼之声,比户相闻。民间有"艮山门外丝篮儿"的古谚。城东老百姓在这里繁衍生息,多以植桑养蚕、缫丝为业。拎的这只"丝篮儿",全都仰仗着东城连片的桑园。

人们对桑树的喜爱之情,可谓久已。《诗经》有首《隰桑》,这样写道:

    隰桑有阿,其叶有难。既见君子,其乐如何。
    隰桑有阿,其叶有沃。既见君子,云何不乐。
    隰桑有阿,其叶有幽。既见君子,德音孔胶。
    心乎爱矣,遐不谓矣?中心藏之,何日忘之!

洼地桑树多婀娜,枝柔叶嫩舞婆娑。看见了他,如何叫人不快乐!

---

[1] 出自晋宋时期文学家陶渊明组诗《归园田居》。

心中对他有深深的爱意，哪天能够忘记！

想必深甫先生看到东城的桑林也会想起这首古老的诗歌吧。

关于麦田，倒令我想起美国作家捷罗姆·大卫·塞林格的《麦田里的守望者》。主人公霍尔顿同他妹妹菲比有一段对话：

> 我将来要当一名麦田里的守望者。有那么一群孩子在一大块麦田里玩。几千几万的小孩子，附近没有一个大人，我是说，除了我。我呢，就在那混账的悬崖边。我的职务就是在那守望。要是有哪个孩子往悬崖边来，我就把他捉住。我是说孩子们都是在狂奔，也不知道自己是在往哪儿跑。我得从什么地方出来，把他们捉住。我整天就干这样的事，我只想做个麦田里的守望者。

艮山门曾是古代杭城的东北门，五代吴越国时叫保德门，南宋皇帝思念故都汴梁的"艮岳"，把保德门更名为"艮山门"。城墙与门楼民国时因筑路被拆除了，现在仅立有象征性的遗址碑一座。东城的人们也不再以丝织为业。当年的桑林麦陇变成了高楼大厦，在此登高望远欣赏田园风光的日子一去不复返啦。

深甫先生倒像个温雅的"麦田守望者"，他一直待在他的书里。春天，他登上东城望着一望无际的桑林麦垄，几世几千几万的小孩子，被他捉住，带离漠视生活之美的悬崖。

桑林麦垄即是家园，深甫先生用文字守望着我们的乡愁。

清　张照兰《西湖十二景图·三潭印月》（局部）　杭州西湖博物馆藏

三塔基[1]看春草

　　湖中三塔寺基,去湖面浅尺。春时草长平湖,茸茸[2]翠色,浮动波心[3],浴鹭狎鸥[4],飞舞惟适。望中[5]深惬[6]素心[7],兀[8]对更快青眼[9]。因思古诗"草长平湖白鹭飞"之句,其幽赏[10]自得不浅。

1　三塔基:苏轼疏浚西湖时所筑三座石塔,不存。据传,"三潭印月"北之湖心亭,为北宋三塔旧址。
2　茸茸:水草茂盛的样子。
3　波心:即水中央。白居易《春题湖上》有句:"松排山面千重翠,月点波心一颗珠。"
4　狎鸥:指白鹭在水中沐浴,鸥鸟亲昵嬉戏。杜甫《倚杖》有句:"狎鸥轻白浪,归雁喜青天。"
5　望中:指眼前看到的景象。
6　深惬:深深觉得(心满意足)。
7　素心:平素之心。陶潜《归园田居》有句:"素心正如此,门径望三益。"
8　兀:独自。此处言专心致志的样子。
9　青眼:与"白眼"相对,指对人或事物的喜爱、器重。
10　幽赏:深加赏玩。李白《春夜宴桃李园序》有句:"幽赏未已,高谈转清。"

西湖的三塔基在哪？是现在湖中的三潭吗？

据清雍正年间（1723—1735）由浙江总督李卫（1687—1738）主持修纂的《西湖志》记录，苏轼（1037—1101）于北宋元祐四年（1089）知杭州，次年（1090）即主持大规模西湖疏浚工程。为了不让湖泥再度淤积，在湖中圈定水域，并在最深处立了三座瓶形石塔作为标志，着令三塔界内不许侵占为菱荡。后人呼之"三塔基"。南宋"西湖十景"之"三潭印月"指的就是西湖中三座石塔的景观。又据明代《名胜志》《万历钱塘县志》、清雍正《浙江通志》等书上说，西湖旧有湖心寺，寺外三塔鼎立。明代弘治年间（1488—1505）湖心寺被毁，三塔中的中塔、南塔也倒圮。明嘉靖三十一年（1552），知府孙孟（1476—1533）在北宋湖心三塔中的北塔基遗址上建振鹭亭，并立石围栏，不久也毁。万历四年（1576）重建，不久又毁。万历

清　费丹旭《湖亭雅集图卷》　宁波天一阁博物馆藏

三十五年（1607），钱塘令聂心汤取西湖清淤葑泥，在湖心寺基址所在小沙洲周围绕滩筑埂，成湖中之湖，作为放生之所，又在湖心寺基址建德生堂。明万历三十九年（1611），时任钱塘令杨万里继筑外埂，至万历四十八年（1620）形成较完整的规模，并以德生堂增建为寺，恢复旧湖心寺额。天启元年（1621），又于小瀛洲南仿旧迹造葫芦状小石塔三座，谓之"三潭"。清康熙三十八年（1699），康熙帝巡游西湖，品题"西湖十景"，御书"三潭印月"景名，并刻碑建亭。

也就是说，我们现在看到的"三潭印月"是明代天启年间留下来的。

而据南宋旧图，北宋所立之塔，其南塔在苏堤第三桥（望山桥）之左，中塔在第四桥（压堤桥）之左，北塔则在第五桥（东浦桥）之右。其范围比现在人们所看到的三潭印月三个塔所圈的要大得多。但

"三塔"终究在哪儿,若不将西湖水抽干,进行现场考古发掘,恐怕将成为西湖千古之谜。连明末高僧莲池大师(1523—1615)也曾说:"平生不识三塔基在何所。"张岱在他的《西湖梦寻》里写道:"湖心亭,旧为湖心寺。湖中三塔,此其一也。"湖心亭曾为一石塔之所在,是宋时石塔遗址之一。对于后人来说,这里或可凭吊为西湖子民造福的苏太守。

生活在嘉靖、万历年间的深甫先生所言之三塔寺基,想来应该是据北宋石塔所建的湖心寺一带。那时正值湖心寺毁,寺基离湖面约浅浅的尺许。春时,塔基上长出来的青草与湖面平齐,绿茸茸的,一片翠色,像是浮在湖中间。在这片草地上,鹭鸟沐浴,渔鸥亲昵嬉戏,在水天之间欢快地飞舞。此景如此赏心悦目,于是,令深甫先生想起宋代徐元杰(1196—1246)的《湖上》,诗云:

花开红树乱莺啼,草长平湖白鹭飞。
风物晴和人意好,夕阳箫鼓几船归。

湖上暖风晴和,风光旖旎,叫人心情大好。夕阳下伴着阵阵鼓声箫韵,细数只只船儿尽兴归来。沧海桑田,"草长平湖白鹭飞",这一句不就是深甫先生眼前的景致吗?

初阳台[1]望春树

西湖三面绕山，东为城市，春来树色新丰[2]，登台四眺[3]，浅深青碧，色态间呈，高下参差[4]，面面迥出。或苒苒[5]浮烟，或依依[6]带雨，或丛簇[7]山村，或掩映[8]楼阁，或就日向荣，或临水漾碧。幽然会心[9]，自多胸中生意；极目撩人[10]，更驰江云春树之想。

---

1 初阳台：在西湖北山葛岭最高处，湖上看日出胜地。元代，"葛岭朝暾"列"钱塘十景"之一。
2 新丰：指树木长出茂盛的新叶。
3 登台四眺：从高处向四下远望。
4 高下参差：高低错落不齐的样子。
5 苒苒：烟尘轻飘的样子。
6 依依：树枝轻柔，随风摇动的样子。
7 丛簇：聚集在一起。
8 掩映：隐隐约约，相互映照。
9 会心：心领神会。
10 撩人：指景色诱人，撩拨人心。

元 王蒙《葛稚川移居图》（局部） 故宫博物院藏

清　汪启渭《武林十二景·葛岭》　故宫博物院藏

初阳台位于西湖北岸宝石山葛岭上。相传东晋著名道士葛洪（284—364）曾在此炼丹修道。葛岭的抱朴道院是全真教圣地，全国重点道观之一，现为浙江省道教协会所在地。

初阳台建在葛岭之巅，海拔125.4米，为湖上观日出最佳处。南宋董嗣杲（生卒年不详）有《初阳台》诗："宝山山顶结芙蓉，方士凌虚几御风。日月光华含吐异，云萍踪迹往来空。石盘草子粘深碧，土级苔花剥碎红。舍侧又将精舍展，蓬瀛有路直能通。"初阳台是当年葛洪吐纳日月精气的地方。据传，登初阳台可观日月并升之奇景。每年农历十月初一，晴天破晓，日轮乍起，先是湖际微露，随即霞光万道，而日出起始，月亮还未落下，于是日月同辉，山水绮丽，故有"东海朝暾"的美誉。元代，"葛岭朝暾"被列为"钱塘十景"之一。这样的奇景，在清雍正《西湖志》里如此描述："旭日初升时，山鸟群起，遥望霞气，一影互相照耀，传是日月并升。"同治初年刊行的《杭俗遗风》则说："天将曙，红日初浴海而出。遥见西方平地线上，变有一轮，掩映云际，即月也。约过数分钟，即不可复见矣。"故自古以来，初阳台上观日出之人总是络绎不绝。想来，这里有湖上最让人向往的晨曦。

西湖天下景。美的风景，总需要有一处与之相匹配的观景台。在深甫先生眼里，晨曦的初阳台是撩动人心的。日出之后，雨雾之时，当人们散去，静谧的初阳台是幽人的观景台。西湖北、西、南三面环山，东面是参差十万人家的城市。春来湖上，树木的颜色鲜艳饱满。登上初阳台，四面眺望，深深浅浅的绿，像是绿色的渐变系。树木高下参差，但每一个面的色彩看上去都明丽出众：有的郁郁葱葱，表面像浮着一层薄雾；有的像是刚刚被春雨滋润过，碧绿如洗；有的一丛丛一簇簇围绕着山村；有的掩映着亭台楼阁；有的面向太阳，欣欣向荣；有的临水而生，倒映在碧波里。在初阳台望春树，看那些景色像是懂得人的心思一样，胸间自然生出盎然春意。春日登高，极目远眺，真是心生欢喜。此一时，深甫先生或想起了他一生中写的最重要的一部杂剧《玉簪记》。男主人公潘必正赴京赶考，高中及第，回首来时路，与女主陈娇莲远隔江云春树，心中多么希望金泥远报，快快教她得知喜讯。春树托春心，情高义远。此正是"江云春树"之想。

如今的初阳台台基，据说是清光绪年间英国人、大清海关总税务司赫德所建。台基上有亭，是1915年由江苏省吴县染业商人杨叔英等出资所建。1959年重建。1980年重修台基及亭阁。亭中有石碑，上书

初阳台

"初阳台"三字，是吴昌硕（1844—1927）弟子诸乐三（1902—1984）手书。台基门壁上刻着楹联，上联是"晓日初升荡开山色湖光试登绝顶"，下联为"仙人何处剩有石台丹井来结闲缘"。

　　清晨，偶然起兴登初阳台。晨练的人还真不少。一群攀岩爱好者聚集在这里，引游人驻足观看，也是一道不错的风景。墙上的小坑小凹、边角罅缝都成了他们攀上攀下的抓手，虽然身姿潇洒优美，但对建筑物总有一定的破坏性。倒是一旁着地练书法的老先生，一脸书卷气，叫人想起初阳台望春树的古人来。

清　董邦达《苏堤春晓图》(局部)　台北故宫博物院藏

山满楼[1]观柳

　　苏堤[2]跨虹桥下东数步，为余小筑数椽，当湖南面，颜曰："山满楼。"余每出游，巢居于上，倚阑玩赏，若与檐接。堤上柳色，自正月上旬柔弄鹅黄[3]，二月娇拖鸭绿[4]，依依[5]一望，色最撩人，故诗有"忽见陌头[6]杨柳[7]"之想。又若截雾横烟，隐约万树；欹[8]风障雨，潇洒长堤。爱其分绿影红，终为牵愁惹恨。风流意态，尽入楼中。春色萧骚[9]，授我衣袂间矣。三眠[10]舞足，雪滚花飞，上下随风，若絮浮万顷，缭绕歌楼，飘扑僧舍。点点共酒旆[11]悠扬，阵阵追燕莺飞舞。沾泥逐水，岂特可入诗料？要知色身[12]幻影，是即风里杨花。故余墅额题曰："浮生[13]燕垒[14]。"

1　山满楼：高濂在西湖苏堤跨虹桥附近有藏书楼，名"山满楼"。
2　苏堤：苏轼知杭州时，于北宋元祐五年（1090）疏浚西湖，取其葑泥筑长堤，南自南屏山，北接栖霞岭，上植桃柳，风景绝胜。
3　鹅黄：小鹅绒毛的颜色，淡黄色。
4　鸭绿：绿头鸭头颈毛色为灰绿色，即是。
5　依依：轻柔披拂貌。
6　陌头：路上，道旁。

清　董诰《西湖十景图册·苏堤春晓》　浙江省博物馆藏

7　杨柳：此句出自唐代诗人王昌龄七绝《闺怨》："忽见陌头杨柳色。"
8　欹：倾斜，倒向一边。
9　萧骚：潇洒风流。
10　三眠：代指柳树。传说汉苑中有柳，状如人形，一日三起三倒，如人一日三眠。
11　酒斾（pèi）：酒家的旗帜。
12　色身：佛教语。即肉身。
13　浮生：人生虚浮不定，故言人生谓浮生。
14　燕垒：燕巢。

苏堤自古便是湖上赏春佳处。南宋时，"苏堤春晓"是"西湖十景"之首。元代，"六桥烟柳"位列"钱塘十景"。西湖柳不仅种在苏堤上，更种在赏春人的心里。

深甫先生出身于商贾之家，家境优渥，从小接受良好的教育，早年曾在北京候选鸿胪寺，在此期间遭遇了秋试失利和丧妻的打击，遂萌生退隐之心；后父亲又不幸去世，四十七岁时他便南归故里，隐居西湖。

从苏堤北口第一桥——跨虹桥往东走数步，是深甫先生为自己修筑的几间小楼，坐北朝南，面向西湖，题额"山满楼"。这是深甫先生的藏书楼。这些藏书都是他梦寐所好，远近访求得来。经书史论、诸子百家、诗文传记、稗野杂著、佛道经典，靡不兼收，尤多医家养生之书。清代著名藏书家黄丕烈（1763—1825）称其为"明中叶大藏书家"。深甫先生是真正的读书人，他对书没有好恶之分，一心只搜奇索隐，得见古人一言一论之秘，以广心胸未识未闻。积书充栋，他类聚门分，常常伏几开函，整日沉潜玩索，恍对圣贤，面谈千古，悦心快目。

先生不仅爱读书，也爱行游。每次出游湖上，都会以苏堤跨虹桥畔的山满楼为歇息之所。读书之余，斜倚栏杆，漫赏苏堤，那条长堤好似与楼檐衔接在一起，一直伸向远方。堤上杨柳自正月上旬开始抽出柔软的芽，鹅黄嫩绿的。长到二月里，便像绿头鸭头颈上的茸毛，在阳光下莹莹发着亮光。柳枝轻柔，随风摇曳，那景色最是撩动人心，不由想起"忽见陌头杨柳色"的诗句。有时，被烟云薄雾笼罩，万棵

南宋 《湖山春晓图》（旧题陈清波作） 故宫博物院藏

柳树掩映其中。即便是迎着风雨，亦是一堤潇洒。喜爱柳树显眼的绿，映衬着春日的红花，楼中人终究是被它牵愁惹恨的风流意态感染到了。春色妖娆，仿佛也侵入楼中人的衣袂间。微风起时，柳絮飞舞，一时间，雪滚花飞，随风忽而上下，缭绕在歌楼之外，飘落扑打着僧寮之门，点点与酒旗一起悠扬飘动，阵阵追随燕莺飞舞。那柳絮终究要落地沾泥土，入波逐水流。此情此景，岂只是可以作为入诗吟咏的素材啊？要知道色即是空，此身即如幻影，就像这风里柳絮、浮生的燕巢。所以深甫先生给自己的别墅题额为"浮生燕垒"。

闺中少妇不知愁，春日凝妆上翠楼。
忽见陌头杨柳色，悔教夫婿觅封侯。

此时的深甫先生，虽见杨柳色，却不起盛唐诗人王昌龄（698—757）似的"闺怨"。人生早已有过"看山是山""看山不是山"的阅历。浮生，就像燕子做窠一样，一点点积累成形，终也不过是梦幻泡影。如今，湖上闲居，幸而坐拥一楼浩瀚藏书，抬眼望见春湖绿堤，年年柳色新丰。看山依旧是山，过眼无非风景。

四百多年后，山满楼早已了无踪迹。春日的苏堤仍是游人如织。但见长堤通贯湖上南北，六桥亭亭，杨柳依依。

清 吕焕成《西湖山水册》(局部) 浙江省博物馆藏

苏堤看桃花

六桥桃花，人争艳赏。其幽趣数种，赏或未尽得也。若桃花妙观，其趣有六：其一，在晓烟初破，霞彩影红，微露轻匀[1]，风姿潇洒，若美人初起，娇怯新妆。其二，明月浮花，影笼香雾，色态嫣然[2]，夜容芳润，若美人步月，丰致[3]幽闲[4]。其三，夕阳在山，红影花艳，酣春[5]力倦，妩媚[6]不胜[7]，若美人微醉，风度羞涩。其四，细雨湿花，粉溶红腻，鲜洁华滋[8]，色更烟润，若美人浴罢，暖艳融酥[9]。其五，高烧庭燎[10]，把酒看花，瓣影红绡[11]，争妍弄色，若美人晚妆，容冶波俏[12]。其六，花事将阑[13]，残红零落，辞条未脱，半落半留。兼之封家姨[14]无情，高下陡作，使万点残红，纷纷飘泊，或扑面撩人，或浮樽沾席，意恍萧骚，若美人病怯[15]，铅华[16]消减。六者惟真赏者[17]得之。又若芳草留春，翠茵堆锦，我当醉眠席地，放歌咏怀。使花片历乱，满衣残香，隐隐扑鼻。梦与花神携手巫阳[18]，思逐彩云飞动，极欢流畅，此乐何幽。

1　轻匀：这里指桃花像轻盈匀称的女子。
2　嫣然：容貌美好，娇媚巧笑。

浓花淡柳钱塘
（清陈鸿寿篆刻）

3 丰致：容颜姿态美好。
4 幽闲：幽雅娴静。
5 酣春：春意浓郁，令人陶醉。
6 妩媚：姿态美好、可爱、妖娆多姿，举止神态美丽有吸引力。
7 不胜：非常，十分。
8 华滋：华美润泽。
9 融酥：酥软无力的样子。此处指春光醉人。
10 庭燎：燃起火把。
11 红绡：红色的生丝织品。
12 容冶波俏：指面容美好。
13 将阑：将尽。
14 封家姨：即封姨，古代传说中的风神。代指"风"。
15 病怯：害怕，畏惧。犹言病重。
16 铅华：古代妇女妆用的铅粉。此处指女性青春靓丽的容颜。
17 真赏者：真识深趣者。《南史·王筠传》有"知音者希，真赏殆绝"句。
18 巫阳：相传楚襄王夜梦与神女相会于巫山，故引申为男女密会。阳，山之南，水之北。

西湖早在唐代已广栽桃花。北宋苏轼建筑苏堤时，在堤上夹道间种桃、柳，一株杨柳一株桃，树树桃花间柳绿，产生了极有层次的景观效果。民间有歌谣："西湖景致六吊桥，间株杨柳间株桃。"

每年二月中下旬至四月上中旬，是湖上桃花季。六桥的桃花引来游人争赏。年年花相似，岁岁人不同。深甫先生算是千古赏花大军中一位冷眼看花人。与常人不同，他看桃花，花闹人闲，其中幽趣，不是一般赏花人能尽得的。那么，桃花最美妙的观赏，有多少趣味在其中呢？且听他的高谈妙论。

信手拈来，桃花幽赏，佳趣有六。年年看桃花，也未必能有深甫先生这样的趣识。经他启发，不知看客能否品出更多的天机妙趣。

一在晨曦初露。天空中的云雾刚被早晨的天光穿破，天色渐渐亮起来了。这个时候，初露的花容映衬着天上的朝霞，体态轻盈匀称，神采自然俊逸，像一位睡梦初起的美人，柔美新妆，楚楚动人。

二在夜晚。堤上虽没有灯，但明月可鉴月下美人。月影像一层薄纱笼罩着散发酥香的桃花，香雾阵阵，花容显得更加丰腴润泽，那花颜姿色娇媚可人，朦胧中，就像见到月下款款的美人，风致幽静娴雅。

三是日暮时分。青山衔着一角夕阳，瑰丽的晚霞映照湖上，堤上桃花依旧艳丽。那体态像一位偷喝了酒的调皮女子，飘然微醺，虽有些倦乏，妩媚中却带娇羞的美感。

四是在细雨中。桃花被细雨轻沾，宛若红粉女子的妆容被浅浅濡湿，更加细腻鲜亮，丰美滋润。不由得让人想起华清池"温泉水滑洗凝脂"的出浴美人杨玉环来。那美人微微丰满，身上散发出阵阵暖香，

通守錢塘記
大蘇取之無盡
適逢吾長隄
肯讓夷光擅
萬古傳名姓
此湖
古蘇隄春曉

清　钱维城、嵇璜《御制西湖十景诗意图册·苏堤春晓》　故宫博物院藏

让人骨酥。

五是晚宴之上。庭中高高燃起烛火，把酒看花，烛光下，那花瓣像红色的薄绸。醉眼中，此时的桃花若一位穿着晚礼服的盛装美人，那样精致，眼波流动，顾盼生辉。

六是春将归去。花事将尽，一树桃花半零落。最是风神无情催，花辞树，万点残红，纷纷扬扬四处飘散，有的飘到行人脸上，有的落到酒杯里，有的沾到桌席上，惹人爱怜。恍惚间，景色凄美，如看到美人病中，铅华消减。但在幽人心中这又何常不是另一种美呢。

以上列举了欣赏苏堤桃花的六个时间、六种角度，唯有真正懂得欣赏的人才能感受到。若在春天的芳草地上，绿草如茵，花团锦簇，应该席地醉卧，大声放歌以骋胸怀。让桃花片片随风飞舞，残香隐隐扑鼻，盈满衣袂。梦中与那花神手挽着手，去到巫山相会，神思追逐彩云嬉戏，进入与花同化的灵幻之境，这样欢畅的幽会，是何等的快乐啊！

同样是苏堤的桃花，晓烟初破、明月浮花、夕阳在山、细雨湿花、高烧庭燎、花事将阑，时间不同，风姿有别；同样花如美眷，初起、步月、微醉、浴罢、晚妆、病怯，情境不一，意态各异。深甫先生虽笔触不离桃花，却无雷同，更无冗句，神融笔酣，余味无穷。

西泠桥[1] 玩落花

　　三月桃花，苏堤落瓣，因风荡漾，逐水周流，飘泊孤踪，多在西泠桥畔堆叠。粉销玉碎，香冷红残，片片似对骚人[2]泣别。豪举离尊[3]，当为高唱"渭城朝雨"[4]。

1　西泠桥：位于西湖栖霞岭麓到孤山之间，又名西陵桥、西林桥，为环洞石拱桥。
2　骚人：屈原作《离骚》，后世称诗人为骚人或骚客。
3　离尊："尊"同"樽"。离尊，饯别的酒杯。
4　渭城朝雨：出自唐代诗人王维的诗作《渭城曲》，作品又名《送元二使安西》《阳关三叠》。

西泠桥旧影

西湖孤山西泠桥,与白堤断桥、南山长桥并称为湖上三大"情人桥"。西泠古称"西林""西陵"或"西村",还未有桥时,这里是个渡口。明人陈赞有《西林桥》诗曰:"东风客每携壶过,落日人还唤渡无?最是春来尤可玩,桃花千树柳千株。"西泠桥连着孤山,通往北山,近可观里湖,远可眺外湖,与白堤近在咫尺,苏堤六桥亦在望中。这是一顶颇有古韵、令人怀想的桥。

三月,苏堤的桃花逐渐凋零,风吹花落湖水中,花瓣随波逐流,向东漂泊,在西泠桥畔堆叠成一个水上花冢。粉销玉碎,香冷红残,片片都似离人泪。每每见到这一幕,深甫先生总想豪放地举起酒樽,为逝水的桃花高唱"渭城朝雨"。

"尊前一唱阳关曲,别个人人第五程"。

西泠忆花魂。西泠桥边有一代名伎苏小小的墓。相传，六朝南齐歌伎苏小小，家住钱塘，才貌双绝，常坐油壁香车过西泠，年十九咯血而亡，葬于桥畔。后人仰慕她的文采，在此建"钱塘苏小小之墓"以凭吊这位奇女子。墓小而精致，上覆六角攒尖顶"慕才亭"，据说是苏小小曾资助过的书生所建。历史上几经重建后，现慕才亭有十二副楹联。其中一联为："桃花流水杳然去，油壁香车不再逢。"古代的女子，若不是止步于深闺无人识，便流落于风尘，红颜薄命。苏小小勇于追求爱情，慷慨救助落难书生，手中笔墨、胸中山水，不亚于男子，便让人不觉生出敬意，这一敬，就是生生世世。又一联："且看青冢留千古，漫道红颜本暂时。"

明末清初，被誉为"秦淮八艳"之首的河东君柳如是，在一个春雨绵绵的午后，也曾来过西泠桥。桥下堆叠如冢的落花，何尝不让她想起自己与苏小小同病相怜的命运。"垂杨小宛绣帘东，莺阁残枝蝶趁风。最是西陵寒食路，桃花得气美人中。"诗的前句柔媚婉转，寂冷缠绵，初读多有多情女子伤春之情。然而末句"桃花得气美人中"却陡然翻转，一时狂澜力挽，使人如见蒙蒙烟雨之中，一位婀娜娉婷的纤纤女子正独自漫步于青苔小径之上。春寒料峭，垂杨嫩柳青翠可怜，正是眼前寂寥无行处，回身不忍之时，忽地千树万树桃花同时怒放，灿若云霞。花影人面交相辉映，光艳绝伦，不由使人神振心醉。果然，这是一位有大丈夫气概的奇女子。正因为有她这样才情卓绝的美人在身边，年过半百的钱牧斋才得以在险恶的政治环境下，享受到充满文艺气息的幸福婚姻，后以八十三岁高龄撒手人寰。他是敬重柳如是的。

桃花流水杳然去

湖上初见，就记住了她写的诗，并写下"草衣家住断桥东，好句清如湖上风。近日西泠夸柳隐，桃花得气美人中"。他们曾钟情西湖，暂居湖上，缓步携手欣赏西湖上的朝霞夕雨。春花秋月，时光如诗一般地静静流过。

然而柳如是最终逃不过红颜薄命的结局，丈夫死后，失去护佑，在钱氏家难中，不堪受人欺凌，愤然自尽。幸而她曾写过的绝艳诗词，为她留芳千古。

每每春日，西泠桥畔玩赏落花，不免伤春悲秋，怀金悼玉。然而正如桥堍慕才亭另一联云，"湖山此地曾埋玉，花月其人可铸金"，西泠桥畔的这些奇女子，虽如落红远逝，但隽华不离，芳龄永继。

天然阁上看雨

灵雨[1]霏霏，乍起乍歇。山头烟合，忽掩青螺[2]；树杪云蒸，顷迷翠黛。丝丝飞舞遥空，濯濯[3]飘摇无际。少焉，霞红照水，淡日西斜，峰峦吞吐断烟，林树零瀼[4]宿雨。残云飞鸟，一望迷茫；水色山光，四照萧爽[5]。长啸倚楼，腾歌[6]浮白[7]。信知变幻不常，阴晴难料，世态春雨，翻覆弄人[8]哉！过眼尽是镜华[9]，当著天眼[10]看破。

---

1 灵雨：好雨。
2 青螺：喻青山。唐代刘禹锡《望洞庭》诗："遥望洞庭山水翠，白银盘里一青螺。"
3 濯濯：清新、明净的样子。
4 零瀼：指零星之露水。
5 萧爽：潇洒清爽，神气不凡。
6 腾歌：随兴吟唱。
7 浮白：原指罚酒，后亦称满饮或畅饮酒。
8 翻覆弄人：出自唐代杜甫《贫交行》："翻手为云覆手雨，纷纷轻薄何须数。"后形容人生反复无常。
9 镜华：镜中花。
10 天眼：佛教语，指智慧之眼。

灵雨霏霏

  天然阁在哪，不可考了。西湖北山上倒曾有一个"天然图画阁"。据明代田汝成《西湖游览志·卷八·北山胜迹》、清代翟灏等辑《湖山便览·卷四·北山路》、民国胡祥翰辑《西湖新志》等载，始于五代吴越国时的北山崇寿禅寺，宋开宝初，赐额"崇寿院"（即"保俶塔院"），其西傍有一阁，名"天然图画阁"，跨木杪瞰湖，全湖了了在目。不知深甫先生是否登此天然图画阁上看雨。

  想来，此阁定有些高标，可以俯瞰西湖全貌。清代著名诗人、亦是杭州本土人士厉鹗（1692—1752）也曾在春日里写下《同丁敬身金质甫陈江皋登宝石山天然图画阁》："塔下楼开躐级登，东风聊忆昔游

曾。春深城郭浑如画，定里莺花不属僧。人影渐移湖上柳，烟光又绿壁间藤。留题为纪闲踪迹，只有看山诧最能。"可见，这个天然图画阁一直到清康熙年间还存在。这是一个傍临高岸地，返照清清波，无云山自丽，不月水长明，颇富玲珑真趣的高阁，有一点江南的书卷气，适合深甫先生这样的幽人前去坐看西湖云雨。

所谓"阁"，是类似楼房的建筑物，可供远眺、游憩、藏书、供佛之用。要说湖上的"阁"真是不少。随口说来，孤山上曾有过巢居阁、横翠阁、挹翠阁、西阁、文澜阁，西泠四照阁、竹阁，曲院有迎薰阁，北高峰有望海阁，三台山上有三台阁，九曜山有九曜阁，玉皇山顶有登云阁、江湖一览阁，凤凰山有松涛阁，万松岭有天章阁、燕

明　周翰《南屏烟雨图卷》（局部）　故宫博物院藏

思阁，南山净慈寺有慧日阁，烟霞洞顶有呼嵩阁，龙井有翠峰阁，理安寺有松巅阁，云栖有舒篁阁，城里的吴山上有城隍阁、极目阁、英卫阁、三仙阁、天开图画阁……不胜枚举。这些阁有的早已不存，只留阁名，在某本西湖古籍的某个角落，静静地等待着那个扫尘登阁看风景的人。有的得以保留或重建，或雄伟壮观，或丰姿雅丽，装点着西湖的天际线。

穿牖听清风，卷帘见明月。湖上风景独好。若是雨天来西湖，或许在某个亭台楼阁碰到个"湿人"还真是个"诗人"也未可知。苏东坡在望湖楼遇雨，醉书："黑云翻墨未遮山，白雨跳珠乱入船。卷地风来忽吹散，望湖楼下水如天。"于是，望湖楼与西湖雨的声名大振。深

清　巢谿《西湖云山图》　杭州博物馆藏
我爱西湖好，云山日千变。但愿不垂帘，时时得相见。

甫先生看雨的天然阁若留下来，一定也会有许多后人去游赏。他在那看雨，看着看着，悟到了人生况味、亘古不变的生命智慧：

春日好雨淅淅沥沥地飘落，时起时歇，与湖山上的烟雾会合，忽而遮住了青山。云在树梢上蒸腾，顷刻间也迷蒙了山林。雨丝在天空飞舞，清新明净，飘飘洒洒无边无际。一会儿晚霞红彤彤地倒映在水中，清冷的太阳向西边斜去，峰峦吞吐断断续续飘来的云烟，树林里还有零露宿雨，不时有飞鸟穿过残云，一眼望去迷迷茫茫。山光水色，处处潇洒清爽。撮口发出悠长清越的啸声，倚在楼阁之上，高歌畅饮，深知世间变幻无常，阴晴难以预料，这世间百态不就是春雨的样子吗？翻手为云覆手雨，造化这样弄人！过眼尽是镜中花，应当用慧眼看破。

物质的天然阁已不可寻，却又像被西湖雨掩映在历史的烟尘里。常怀想，四百多年前，有个人倚阁看雨，那个阁名"天然"。西湖的美在于给人以启迪。四百多年后，雨仍在继续，落满一湖烟，把所有的东西模糊了，潮湿了，记忆、人心、爱和别离。

浅翠娇青,笼烟惹湿,一望上下,碧云蔽空

四时幽赏·夏时幽赏

苏堤看新绿[1]

三月中旬，堤上桃柳新叶，黯黯[2]成阴[3]。浅翠娇青，笼烟惹[4]湿，一望上下，碧云蔽空。寂寂撩人，绿侵衣袂。落花在地，步躁[5]残[6]红。恍入香霞堆里，不知身外更有人世。知己清欢，持觞[7]觅句，逢桥席赏，移时[8]而前，如诗不成，罚以金谷酒数[9]。

---

1 新绿：初春草木显现的嫩绿色。这里指新萌的草木。
2 黯黯：颜色深，不显扬。
3 阴："阴"通"荫"。
4 惹：招引。
5 步躁：践踏。
6 残：将尽。
7 觞：酒杯。
8 移时：一会儿，历一段不长的时间，少顷。
9 数：指罚酒三杯。典出石崇《金谷园诗序》。

这是深甫先生家门口的暮春初夏。

农历三月过半，苏堤上的桃花落了，桃树长出新叶。柳眉儿越发地秀绿，新叶渐渐成荫。柔软的嫩叶儿浅浅娇娇，青翠欲滴。轻阴的日子，湖上薄雾似烟笼，湖水轻拍岸石，岸边的新绿濡湿清亮。碧云蔽空，天地高阔辽远。长堤寂寂，那抹绿最撩人，仿佛路人的衣衫也被染成了绿色。低头，见芳菲纷纷辞树。踏着落花行走在长堤上，恍惚间，好似踩着云霞，置身香界。此身之外，还有人世吗？想来天堂应如是。

这条长堤是北宋元祐四年（1089）苏轼第二次来杭任知州时，指挥当地百姓二十余万人利用疏浚西湖的葑草和淤泥堆积而成的。堤上六桥横陈，通贯南北。沿堤遍植桃柳，不仅可以固定堤身，还让长堤有了艺术审美的价值。接任东坡的郡守林希（1035—1101）为之取名"苏堤"。

东坡之后，西湖时有险碍，长堤幸得护佑。明正德三年（1508），明武宗朱厚照（1491—1521）终于准奏疏浚几被富豪们吞噬的西湖。得令的杭州太守杨孟瑛一刻也不敢拖延，一边张贴告示，令占湖为田、筑屋建园的富家迁屋还田，一边指挥民工开挖西湖淤泥。花了一百五十二天，耗银两万三千余两，清田三千五百亩，西湖终于恢复了往日的景象。杨孟瑛还将挖出来的一部分淤泥培固苏堤，使堤增高二丈，堤面增阔至五丈三尺，并于堤上补种了桃柳，一如苏堤旧时样貌。

此后，历代地方官延续了在苏堤上种植桃柳的传统，这条绵延近3000米的长堤，是古代文人宗匠、民间百姓与西湖天地岁时共同的杰作。它与白堤、小瀛洲、湖心亭、阮公墩形成了湖上"两堤三岛"的景观格局。后世东亚景观设计多有借鉴模仿，对东方景观审美产生过

南宋　夏圭《西湖柳艇图》　故宫博物院藏

巨大而深远的影响。千年后，它是西湖成为世界文化景观遗产的一项重要史迹证明。

遥想当日，堤上又新绿。这样美好的日子，深甫先生自然是要出游的。在他的《遵生八笺·起居安乐笺》中有《游具》一节，专门介绍出游的服饰、装备，甚至给他自制的提盒、提炉、备具匣等便携器皿标以用途，配以图式。其友，晚明大才子屠隆（1543—1605）的文房清供笔记《考槃余事》也忍不住复制粘贴了这些好玩的物件，一时流布甚广，后世的玩家们无不奉深甫先生的物作为圭臬，让出游这件事变得更便宜，且更富雅趣。

深甫先生着童子担挑茶酒、备以美味珍馐，约上三五知己，沿苏堤一路欣赏初夏的景致，一干人携琴击筑前行。行至桥上，便设席吟赏。鼓吹递奏，各赋新诗。举觞畅怀，绣口锦句。若有谁赓续不及，则罚酒三斗。如此，逢桥席赏，移时而前。六桥行过，已到夜半之时。呼唤一篙，堤上最北首跨虹桥下的山满楼灯火正温柔……

暮春初夏时节，孩童们喜欢在堤上放纸鸢，一会儿，飞奔上桥，欢呼着"鱼儿"飞上了天。情侣们喜欢在苏堤上漫步，一对对，一双双，手挽着手，肩并着肩，穿桃越柳，跚跚移步。人们管苏堤叫"情人桥"。据说，从苏堤的一头牵着手走到另一头，一直不松手，就一定能成眷属。古往今来，这条长堤不知成全了多少有情人呢。

我有时也会在随身的茶籯里携了三两件茶器，与友款款于长堤之上。或从南山映波桥入，或从北山跨虹桥始。走累了，就在桥上、湖边置席喝茶。这半日的清欢，像一个梦境。以至于心中的苏堤总是新绿的模样。

东郊玩蚕山[1]

初成蚕箔[2],白茧团团,玉砌银铺,高下丛簇,丝联蓓蕾[3],俨对雪峤[4]生寒,冰山耀日。时见田翁称庆,邻妇相邀,村村挝[5]鼓赛神,缫车[6]煮茧。仓庚[7]促织,柳外鸣梭;布谷[8]催耕,桑间唤雨。清和风日,春服[9]初成,歌咏郊游,一饱菜羹麦饭。因思王建[10]诗云"已闻邻里催织作,去与谁人身上著"[11]之句。罗绮[12]遍身,可不念此辛苦?

1 蚕山:供蚕做茧的地方,称簇。用稻草等搭成便于蚕吐丝结茧的堆,形状类似小山,故名。
2 蚕箔:供蚕结茧的架子,用竹篾或苇子制成。
3 蓓蕾(léi):未绽放的花蕊。
4 峤(qiáo):高而陡峭的山峰。
5 挝(zhuā):打、敲打。
6 缫车:缫丝用的器具。
7 仓庚:黄莺的别名。语出《诗经·豳风·东山》:"仓庚于飞,熠燿其羽。"
8 布谷:杜鹃鸟的一种,谷雨节气始鸣,夏至乃止。
9 春服:春天穿的衣服。《论语·先进》:"暮春者,春服既成。"
10 王建:约767—约830,唐代诗人,字仲初,颍川(今河南许昌)人,著有《王司马集》。
11 已闻邻里催织作,去与谁人身上著:参见王建《簇蚕辞》。
12 罗绮:罗和绮,多借指丝绸衣裳。

旧时，杭州城东多桑园。

当地农民以植桑养蚕、缫丝为业。每年四五月间，蚕儿在竹篾或苇子做成的蚕箔上吃着新鲜碧绿的桑叶，吐出新丝，结成白莹莹的茧子。那蚕箔好像白玉堆砌、白银铺就一般。蚕箔架上从低至高处，丛丛簇簇，丝丝连着花苞一样的颗粒，仿佛雪山一般。阳光下，耀眼得如同冰山，生出寒意。

"蚕欲老，箔头作茧丝皓皓。"古时候，养蚕是件很不容易的事情。蚕宝宝吐丝作茧，最好晴天不下雨，上无苍蝇下无鼠。蚕农们在缫车煮茧前要"女洒桃浆男打鼓"，举行赛神大会。见面要相互道贺，相互邀约，村村请来戏班子唱大戏，焚香祭祀，祈求"蚕神"嫘祖保佑这一年的蚕茧有个好收成。

嫘祖是黄帝轩辕氏的妻子，又称"累祖"，蚕丝之神。相传是她最先找到天蚕，养育起来，并教民养蚕治丝之法。于是，民间妇女采桑、养蚕、制丝、织绢，留下许多美丽动人的传说故事，养蚕、缫丝亦成了妇女的职业。

杭州旧时还有"轩辕黄帝庙"，即机神庙，是杭州同人祭祀丝绸祖师的地方。东园巷艮山门，原有一座机神庙，后来被拆除，只留下个地名叫"机神村"。

旧时农忙时节，杭州城东男耕女织，辛苦劳作。载歌载舞赛了蚕神，缫丝的车就忙碌地转动起来。黄莺在翠柳间欢唱，好像在催促织娘快快织梭；布谷鸟在桑树巅鸣叫，仿佛在催唤田夫种田，呼唤老天下一场及时雨。

四时幽赏

东郊玩蚕山 | *077*

明　吴彬《岁华纪胜图册·蚕市》　台北故宫博物院藏

清　陈枚《耕织图册·采桑》　台北故宫博物院藏

清　陈枚《耕织图册·分箔》　台北故宫博物院藏

云淡风轻、阳光和煦的日子，深甫先生穿上刚刚做好的春服，去到城外踏青郊游，饱餐一顿农家清香的菜羹麦饭。他不由得想起唐朝诗人王建（约767—约830）的那首《簇蚕辞》："已闻邻里催织作，去与谁人身上著。"遍身罗绮者，不是养蚕人，每每此时，难道不应该想一想养蚕人的辛苦吗？

如今的杭州城东，百姓不再以养蚕缫丝为业，各村各户"蚕歌"声声的景象已成过往。有意思的是，每年杭州城里仍有两万户家庭在忙蚕事：三年级的科学课有一个《动物生命周期》单元，要求小学生观察记录蚕的一生。为了给蚕宝宝吃上新鲜的桑叶，家长们四处打听，寻找桑园。浙江大学华家池校区有一座很大的老桑园，为浙大动物科学院华家池蚕桑馆所有。这里的桑树采用独特的种植方法，树长得不高，却枝叶茂盛，叶片肥大。老桑园分两片，一片用来培育桑树新品种，一片则是给蚕桑馆的蚕宝宝提供饲料，两片桑园都对科研有着重要的作用。为了帮孩子完成作业，老桑园被附近的学生家长们盯上了，因他们采摘不当还一度导致桑园桑叶减产，这让科学家感到十分头疼。

依赖互联网，更多的小学生家庭还是能及时得到周边桑园快递来的新鲜桑叶。孩子们能在家里简易的蚕箔架上看蚕宝宝吐丝作茧，了解中国古老的养蚕技术。《诗经·小弁》："维桑与梓，必恭敬止。"采桑养蚕非易事，孩子们通过劳动实践，应该会记住"桑梓"即是"家园"吧。

三生石谈月

中竺后山，鼎分[1]三石，居然可坐。传为泽公[2]三生[3]遗迹。山僻景幽，云深境寂，松阴树色，蔽日张空，人罕游赏。炎天月夜，煮茗烹泉，与禅僧诗友分席相对，觅句赓[4]歌，谈禅说偈[5]。满空孤月，露浥[6]清辉；四野轻风，树分凉影。岂俨人在冰壶[7]，直欲潭空玉宇[8]。寥寥岩壑，境是仙都最胜处矣！忽听山头鹤唳[9]，溪上云生，便欲驾我仙去。俗抱尘心[10]，萧然冰释，恐朝来去此，是即再生五浊欲界[11]。

---

1 鼎分：像鼎之三足对立。
2 泽公：指唐代洛阳惠林寺僧圆泽。
3 三生：佛教语。指前世、今生和来世。
4 赓：继续，连续。
5 偈：颂，佛经中的唱词，一种似于诗的有韵文辞，通常以四句为一偈。
6 露浥：湿润。
7 冰壶：盛冰的玉壶，常用以比喻品德清白廉洁。此处借指月亮。
8 玉宇：用玉建成的殿宇，传说中天帝或神仙住处。
9 鹤唳：鹤鸣。
10 尘心：凡心，名利之心。
11 五浊欲界：佛教语。五浊，即大乘佛经中提出的劫浊、见浊、烦恼浊、众生浊、命浊。欲界，佛教把世界分成欲界、色界、无色界，合称三界。

三生石

　　三生石位于杭州下天竺法镜寺后，莲花峰东麓。若要去寻它，可从灵隐寺"咫尺西天"照壁入天竺小道，沿下天竺法镜寺旁的小径走三五分钟路程，即可见一片嶙峋怪状的石林。其中有一处，高三丈许，由三块天然石灰岩组成，像三足鼎一样排列，天然奇巧，安稳可坐。其上镌着"三生石"三个碗口大的篆书，近观还刻有《唐圆泽和尚三生石迹》碑文，记述石之由来。石上曾有唐时和宋元时的题刻，大多已漫漶，不可辨认。

　　这块三生石是清古吴墨浪子《西湖佳话》中所列"西湖十六遗迹"之一。民间传说的"三生有幸""三生践约"的佳话便与它有关。

　　相传，唐代洛阳名士李源常住惠林寺，与寺僧圆泽友情甚深。一日，他们相约去四川峨眉山游览。乘船经南浦，见一妇人在河边汲水。

圆泽叹息道："吾当为子，孕三岁矣，吾不来，故不得乳，今既见，无可逃者。三日浴儿时，愿公临我，以一笑为信，后十二年杭州天竺寺外当与公相见。"当晚，圆泽示寂，妇人分娩。三日后，李源前去探视，果见婴儿开颜而笑。十二年后，李源如约来到杭州天竺，见葛洪川畔有一牧童骑在牛背上唱道："三生石上旧精魂，赏月吟风不要论。惭愧情人远相访，此身虽异性常存。"李源听后，上前询问："泽公健否？"牧童答："李公真信士也，我与君殊途，慎勿相近，唯以勤修勉之。"又歌："身前身后事茫茫，欲话因缘恐断肠。吴越山川寻已遍，却回烟棹上瞿塘。"牧童歌去，不知其踪。

李源回后，拒不受官，于八十一岁时死于惠林寺。后人在灵竺题"三生石"，建三生庵，石旁有圆公洞，为践约处。

这个故事最早出自晚唐人袁郊（生卒年不详）的《甘泽谣·圆观》。北宋苏轼《僧圆泽传》流传甚广，曾刻于三生石上。代表了"前世、今生、后世"的三生石,是李源与圆泽二人交友至诚、坚守信约的见证。后世也将它视为有缘人情定终身的象征物,在民间影响至深。清代曹雪芹(约1715—约1763)的《红楼梦》原名《石头记》,书名即源于"三生石"。清书画篆刻家、"西泠八家"之首、钱塘人丁敬(1695—1765)著有《武林金石记》,其上载,西湖南屏"家人卦"旁有摩崖篆书"三生石",纵一尺六寸,横六寸,字径五寸。并案:"三生石事在下天竺葛洪川畔,而南屏亦有此题,殊不可解。"见此条录,南屏寻迹。果然。

虽"三生石"的故事广为流传,但天竺山下的三生石地处背僻,景致幽深,平日人迹罕至。四百年前的炎夏,深甫先生寻来避暑,但见白云深处一片清寂,高大的松树洒下绿荫,遮天蔽日。那一晚,深山月上,掬来泉水煮茶,与通禅的高僧诗友在这里设席,相对而坐,吟诗唱和,谈禅说偈。宇宙无边,只一轮明月挂在天上,像被露水润湿过的月光,散着清辉。四周山野送来轻风阵阵,树影在月下摇曳出一个清凉的世界。山似太古,月如明镜,真想穷尽宇宙的奥秘。深甫先生坐在寂寥的岩石上,如入绝胜佳境。忽听得山头鹤声啼唳,见溪上有云雾升起,恍惚间,几欲腾云飞仙而去。平素怀抱的尘心俗虑,顿时消散无踪。幽赏之人甚爱此处清凉,只怕清晨到来,这样的胜景便会消失,又将回到欲望污浊的尘世去了。

直至今日,与西湖别处闹猛的景点相比,象征"情义守信"的三生石仍是清寂的,炎夏月夜更有独到的凉爽。若觉尘世浮华,倒可效仿深甫先生,去到三生石畔,退却赤炎的心火,望一望心中那轮洞见三生的明月。

飞来洞[1]避暑

灵鹫山[2]下，岩洞玲珑[3]，周回虚敞，指为西域[4]飞来一小岩也。气凉石冷，入径凛然[5]。洞中陡处高空若堂，窄处方斗若室，俱可人行无碍。顶处，三伏[6]熏人，燎[7]肌燔[8]骨，坐此披襟散发，把酒放歌，俾川鸣谷应，清冷洒然，不知人世今为何月。顾我𫄨绤[9]，不胜秋尽矣。初入体凉，再入心凉，深入毛骨俱凉哉！人间抱暑焦烁[10]，虽啖[11]冰雪不解，而严冬犹然者，勿令知此清凉乐国。

---

1 飞来洞：西湖灵隐飞来峰多洞壑峭壁。
2 灵鹫山：山名，佛家所谓灵山。此处指西湖灵隐飞来峰。
3 玲珑：明彻精巧的样子。
4 西域：指西方、西天。
5 凛然：寒冷的感觉。
6 三伏：为初伏、中伏、末伏的统称，一年中最热的时节。
7 燎：炙烤。
8 燔：焚烧，引申为烧烤。
9 𫄨（chī）绤（xì）：葛之细者曰𫄨，粗者曰绤。引申为葛布衣服。
10 焦烁：焦灼。
11 啖：吃。

飞来洞避暑 | *085*

明　宋懋晋《西湖胜迹图·飞来峰》　天津博物馆藏

飞来峰

　　炎炎长夏，何处可避暑？经常在湖上幽游的深甫先生知道一个清凉乐国。

　　古刹灵隐寺一带山峰怪石嵯峨。相传东晋时印度高僧慧理来到这里，见此山千洞百孔，山石嶙峋，与故乡灵鹫山状貌相似，便惊叹道：

"此乃天竺国灵鹫山之小岭,不知何以飞来?"始而得名灵鹫山飞来峰。

飞来峰的山体由石灰岩构成,长期受到地下水溶蚀,形成了许多奇幻玲珑的洞壑。如龙泓洞、玉乳洞、射旭洞、呼猿洞,洞洞有来历,极富传奇色彩。洞中空气清凉,山石冷峻,人一进入,便立刻感到寒意凛然。这些洞,无不幽深古拙。陡峭、空间高的岩洞犹如厅堂,狭窄的又像个方正的房间。游人可在洞中行走,不会受到阻碍。三伏天,山顶上太阳灼人,肌骨好像被烧烤一样。但在此飞来洞一坐,敞开衣服,披散头发,把酒放歌,山川河谷呼应,清冷使人神清气爽,竟不知人间此刻是何年。穿着葛布衣服,都禁不住晚秋一样的凉意了。刚进飞来洞感觉通体凉快,过一会心境也凉下来,在洞中再多待些时间,则感到毛骨都寒凉了。人间暑热焦灼,即使吃冰吞雪都不能缓解燥热,然而飞来洞中却像严冬一样。深甫先生得此幽境心中窃喜,笑说不想让人知道有这么一个清凉乐国。

飞来峰虽幽,却早已是杭州旅游的地标。游客必到灵隐寺,寺前的这座飞来峰亦是游人接踵。人们更愿意听导游绘声绘色地说飞来峰的另一个来历。相传有一日,灵隐寺的济公和尚突然心血来潮,掐指一算,有一座山峰就要从远处飞来。那时,灵隐寺前是个村庄,济公怕山峰飞来压死人,就奔进村里劝大家赶快离开。村里人因平时看惯他疯疯癫癫,爱捉弄人,以为这次又是寻大家开心,因此谁也没有听他的话。眼看山峰就要飞来,济公急了,就冲进一户娶新娘的人家,背起正在拜堂的新娘子就跑。村人见和尚抢新娘,就都呼喊着追了出来。人们正追着,忽听风声呼呼,天昏地暗,"轰隆隆"一声,一座山

飞来峰造像

峰飞降灵隐寺前，压没了整个村庄。这时，人们才明白济公抢新娘是为了拯救大家。这座山峰也被称为"飞来峰"。

东坡曾有诗云："溪山处处皆可庐，最爱灵隐飞来孤。"想来深甫先生当年于飞来峰避暑，一定也欣赏过飞来峰的石刻。这里的石刻造像是江南少见的古代石窟艺术瑰宝。我国北方和中原地区的石窟艺术从晚唐开始趋向衰落，而飞来峰造像时间正是自五代吴越时期至明代，恰好弥补了这个艺术空缺。特别是其元代的造像，更是在我国古代石窟艺术史上占有重要的地位。飞来峰造像现已被列入全国重点文物保护单位，每日飞来峰上游人络绎不绝，不知有多少人感受过飞来洞的清凉，在那尊袒胸露腹、喜笑颜开的弥勒佛前留下游踪。

压堤桥[1]夜宿

　　桥据湖中,下种红白莲花,方广数亩,夏日清芬,隐隐袭人。霞标云彩,弄雨欹[2]风,芳华[3]与四围山色交映,携舟卷席,相与枕藉[4]乎舟中。月香度酒,露影湿衣,欢对忘言,俨共净友[5]抵足[6],中宵[7]清梦,身入匡庐[8]莲社[9]中矣。较与红翠相偎,衾枕相狎[10]者何如哉?更愿后期,与君常住净土[11]。

---

1 压堤桥:苏堤六桥之一。苏堤贯通湖上南北,由南至北置六桥,曰:映波、锁澜、望山、压堤、东浦、跨虹。
2 欹:通"倚"。
3 芳华:芳花,此处指荷花。
4 枕藉:相互枕靠而卧。
5 净友:荷之别称。
6 抵足:足碰足,同榻共寝。比喻友之亲密。
7 中宵:夜半。
8 匡庐:江西庐山。相传殷周之际有匡俗等兄弟七人结庐于此,故称。
9 莲社:东晋慧远法师居庐山,与刘遗民等同修净土。寺中有池,种植白莲,故称莲社,亦名白莲社。
10 相狎:相靠近,相互亲近。
11 净土:佛国,清净之地。

压堤桥是苏堤上由北往南数第三座桥。桥在湖中，是眺望全湖最佳处，故名"压堤"。据说桥下水特别深，旧时去茅家埠、灵隐，都要行舟取道于此，桥边原有石灯笼彻夜通明，方便船家通行。桥边湖上种满了红莲和白莲，方圆好几亩。夏日里清雅芬芳，隐隐悠悠，花气袭人。晴时，湖里的荷花映衬着天边的彩霞，美不胜收；风雨欲来，荷花娇艳，与四周的黛山交相辉映。夏夜，乘一条小船，带上凉席，呼朋唤友，大家互相倚靠着，斜枕着船梢，睡在船上过夜。月下

南宋　传赵伯驹《莲舟新月图》（局部）　辽宁省博物馆藏

荷香阵阵，不由得想喝点小酒。南宋时的宫廷御酒坊，那个种满荷花的曲院，就在压堤桥的西面湖畔，夏日清风徐来，荷香与酒香四下飘溢，不知惹得多少游人身心俱爽，不饮亦醉。夜深了，露水沾湿了衣衫，就这样与荷花欣喜相对，美妙的感觉一时不知该如何用言语表达。南宋文学家陈亮（1143—1194）《新荷叶》词有言："艳态还幽，谁能洁净争妍。"荷花洁净不染，人们称其为"净友"。此时与湖中的荷花相对忘言，心中却像是与倾心的朋友抵足长谈。夜半清梦中，仿佛去

映日荷花

到了普贤、普慧二菩萨幽赞，宗赜大师为普劝念佛、期生净土所建的匡庐莲社中。这些情景比起与红翠相偎，在衾枕间轻狂来，如何呢？幽人更愿与荷花这般净友长久生活在这片净土中。

西湖这"十里荷花"，被北宋柳永（约984—约1053）写进了他的《望海潮》，传说金主完颜亮闻歌，遂起投鞭渡江之志。无奈清雅高洁之物，也背上了误国的怨怼。

花木岂是无情物？南宋诗人杨万里（1127—1206）在八百多年前的那个六月，一日拂晓，出南山净慈寺送知己林子方知福州，他望见的那片无穷碧的接天莲叶，那朵朵别样红的映日荷花，竟被四百年后明代的高深甫先生视为可抵足卧谈的净友。再四百年，西湖的荷花有了自己的节日。每年夏至至大暑节气，西湖荷花节引来全国各地的游客和摄影爱好者。天气愈热，荷花愈鲜，人气愈旺。断桥以西、平湖秋月、西泠桥下、后孤山；北山路、曲院、郭庄、金沙港、乌龟潭、浴鹄湾、茅家埠、花圃、植物园；湖滨一公园集贤亭，以至南山虎跑公园李叔同纪念馆：偌大一个西湖，荷花依着堤岸，蔓向湖面，与园林掩映，娉娉婷婷，香送十里。

如今，夜卧西湖是不被管理部门所允许的。有条件的杭州人倒喜欢在自家院里种上一缸荷花。几年前的夏天，杭城传着一桩新鲜事儿。中国美术学院的李博士机缘巧合，在山东济宁府的宋代考古层得了二三十枚古莲子，黑褐色几近碳化的莲实，像一粒粒拙朴的珠子，想来做了串珠也是个称手的雅物。于是钻孔，发现莲子内有绿色、白色粉末。李博士有心请教了植物学专家。这古物居然蕴藏着生命。其坚硬的外壳完全隔绝了水分和空气，再加上自身含水量极少，又被深埋在泥炭层，长期处于干燥、低温、密闭的空间，如此幽居了千年。原来这古莲子是鲜活的生命体啊。经过颇有种荷经验的李博士精心培育，不久，古莲果真发芽长出鲜嫩的绿叶来，一时传为美谈。李博士给古莲找了个更适合生长的地方。美院近旁即是古清波门的荷花池头，南宋时称流福坊，为临安府治所在。相传明代有一位赵姓的武官在这里建荷花池，故而得名"荷花池头"。李博士本是陶艺家，善治大缸，古莲在他手作的莲花缸里长势喜人。隔年莲叶田田，他将古莲送至荷花池头承香堂内，置放在南宋古石盆中，与爱莲人同赏。千年旧精魄，还魂展新姿。

荷花池头夜听荷，是为湖上新雅赏。

湖心亭¹ 采莼²

旧闻莼生越之湘湖³，初夏思莼，每每往彼采食。今西湖三塔基傍，莼生既多且美。菱之小者，俗谓野菱，亦生基畔，夏日剖食，鲜甘异常，人少知其味者。余每采莼剥菱，作野人芹荐⁴，此诚金波玉液、青津碧荻之味，岂与世之羔烹兔炙较椒馨⁵哉？供以水蔌⁶，啜以松醪⁷，咏思莼之诗，歌采菱之曲，更得呜呜牧笛数声，渔舟欸乃⁸相答，使我狂态陡作，两腋风生。若彼饱膏腴者，应笑我辈寒淡。

---

1 湖心亭：西湖三岛之一，在"三潭印月"北。亭建于明嘉靖三十一年（1552），据说为北宋苏轼所筑三塔之北塔旧址。"湖心平眺"为清"西湖十八景"之一。
2 莼：莼，多年生水生宿根草本。嫩叶可食。
3 湘湖：在今浙江省杭州市萧山区，被誉为西湖的"姊妹湖"，这里的跨湖桥文化遗址为华夏文化发源地之一。
4 芹荐：典出《列子·杨朱》"野人献芹"。比喻贡献的不是有多大价值的东西，多用作送人礼物或建议时的客套话。
5 椒馨：椒的芳香。语出《诗经·周颂·载芟》："有飶其香，邦家之光。有椒其馨，胡考之宁。"
6 水蔌：菜蔬的总称。
7 松醪（láo）：指用松肪或松花酿制的酒。
8 欸乃：象声词。摇橹声，亦指棹歌，划船时歌唱之声。

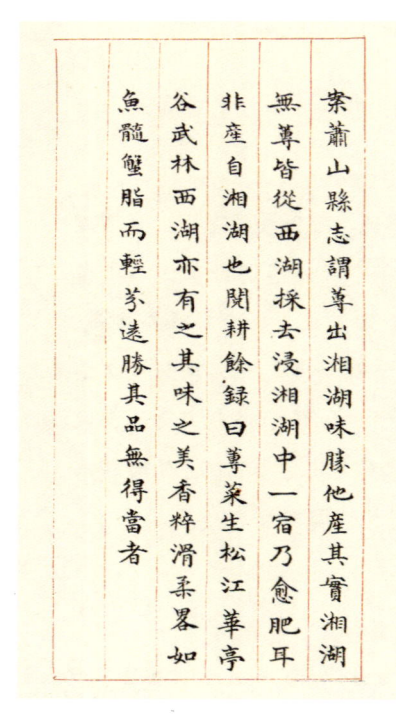

清　董棨《太平欢乐图·西湖莼菜》

　　莼菜是西湖里很古老的水生植物。明代田汝成《西湖游览志余》中有记载：西湖第三桥（今苏堤南往北第三桥，即望山桥）近出莼菜。莼菜，叶如荇菜而差圆，形如马蹄，故又名"马蹄草"。其为水生宿根草本植物，性喜温暖，春夏季嫩茎和叶背有胶状透明物质，采作蔬菜。李时珍（1518—1593）《本草纲目》中记及："莼生南方湖泽中，惟吴越人喜食之。"

《晋书·文苑列传·张翰传》记载，诗人张翰在故都洛阳做官，因秋风吹拂，勾起思乡情结，更怀念故乡的莼菜羹和鲈鱼美味，说，人生贵在顺遂自己的意愿，怎么能只求名声和爵位而羁留在数千里之外当官呢？遂将官袍挂于宫门，买一轻舟，日夜兼程，回归故里。自此，"莼羹鲈脍"千古相传，竟至于被历代帝王列为宫廷御膳，令地方官员岁岁朝贡。"花满苏堤柳满烟，采莼时值艳阳天"，相传清乾隆皇帝南巡，必以西湖莼菜调羹享用。古时，莼菜味美，却难以保存，想尝鲜还真是不易。据说，当年胡雪岩给远在新疆的左宗棠送莼菜，用绵纸和纺绸层层包裹，再以六百里加急快马传递，也算是件极奢的事了。

深甫先生旧时听说莼菜生在湘湖，初夏时想吃这个菜，每每只有到那里去采食。明中晚期，西湖三塔基一带开始人工栽培莼菜。明人沈明臣（1518—1596）《西湖采莼曲》有云："西湖莼菜胜东吴，三月春波绿满湖。"菱中较小的一种，俗称野菱，也生长在三塔基畔，夏天采之剥开来食用，非常鲜美甘甜，却很少有人知道这个美味的。每次采到西湖的莼菜和野菱，深甫先生像那个献芹的野老村夫一样自得其乐。在他眼里，这真可算得上玉液琼浆、青精碧荻的味道，又怎么能以烹羊烤兔与花椒的馨香来与之相比呢？喝着泠泠的泉水，品着松花酿的酒，吟咏"思莼"的诗篇，歌唱着采菱的小曲，更听得远处传来呜呜数声牧笛，湖上渔船摇橹声欸乃相应，这一切使人陡然生起无忧无虑的轻松之态，周身轻灵，两腋习习清风生。那些满肚子塞满大鱼大肉的人，一定会笑话这种生活太过寒碜清淡了吧。想必，深甫先生这样自嘲时，内心是得意的。

其实，先生才不愧养生高手。清代乾隆帝有诗云："湖山满目旧游在，何日从公醉紫莼。"莼菜本身没有什么味道，胜在口感的圆融、鲜美滑嫩。莼菜含有丰富的胶质蛋白、碳水化合物、脂肪、多种维生素和矿物质，是极其珍贵的蔬菜。用新鲜西湖莼菜可以制作"西湖莼菜汤""莼菜黄鱼羹""虾仁拌莼菜"和"莲蓬豆腐"等杭州名菜。烹制西湖莼菜也很讲究。以西湖莼菜汤为例，先将新鲜采来的西湖莼菜放入煮沸的水中一氽，迅速捞出，沥水放入汤碗中；然后把鸡肉、火腿原汤和盐一起放在锅内烧开，浇在莼菜上；再撒上鸡丝、火腿丝，淋上熟鸡油即可。汤中马蹄草翠绿，鸡丝白，火腿丝红，色彩鲜艳，味道清香，清冽爽口。

20世纪70年代，杭州市经实地调查发现，湖西茅家埠农民的山田中仍种有西湖莼菜原种，系由该农户祖代在抗战期间由西湖望山桥附近移栽而得，代代相传，繁衍至今。西湖莼菜现已被列入地方名产，附近西湖区周浦、转塘、龙坞等地大面积发展莼菜栽培和加工产业。目前，西湖莼菜栽培面积已由最初的几百亩扩大到一千余亩。

曾读过叶圣陶先生的《藕与莼菜》。所恋在哪里，哪里就是故乡。借物抒情，从西晋的张翰，到明代的高深甫，再到当代的叶圣陶，心里的那个故乡，无非是有那么些人情事物牵着罢了。这么一怀念，西湖莼菜便成了人人故乡里永恒的风物了。

湖晴观水面流虹

　　湖山过雨，残日[1]烘云，峦霭[2]浮浮，林铺翠湿，浴晴鸥鹭争飞，拂袂荷风荐[3]爽[4]。忽焉长虹亘天，五色炽焰，影落湖波，光彩浮濯。乍骇蛟腾在渊，混荡上下，水天交映，烁电绝流，射日争霞，似夺颓丸[5]晚色。睥睨[6]静观，景趣高远，不觉胸中习气，欲共水天吞吐。此岂丰城伏剑[7]，时为幽人一剖璞[8]中蕴色。

1　残日：夕阳余晖。
2　峦霭：飘浮在山峦中的雾霭。
3　荐：进献，送上。
4　爽：凉爽、舒服，使人感到愉悦。
5　颓丸：即将落山的夕阳。
6　睥睨：斜着眼看。
7　丰城伏剑：《晋书·张华传》载，吴灭晋兴之际，"斗牛之间常有紫气"。时道术家以为吴方强胜，未可图。唯张华不以为然，他请教天文家雷焕，雷焕说此是"宝剑之精，上彻于天……在豫章丰城"。于是，张华便派雷焕往掘之，得龙泉、太阿两把宝剑，紫气因不复见。后"丰城剑气"用以形容人的声望才华或物的宝气灵光。
8　璞：含玉石头，也指未经琢磨的玉。

"水光潋滟晴方好，山色空蒙雨亦奇。"人说，晴湖不如雨湖。看雨过天晴，湖上别样风景。

雨后，夕阳烘托着云彩，薄雾在山峦间浮动，树林被雨水濡湿得越发青翠欲滴，鸥鹭在阳光下翔空争飞；凉爽的风，带着荷花、野草的清香，吹拂着行人的衣袂。猛然抬头，见一架彩虹横卧长空，云霞色彩秾丽，如烈焰般倒映在湖水中，又像被粼粼的波光洗濯过一般。忽觉得，似有蛟龙从深潭中腾起，水天晃荡，交相辉映，闪烁着流动的电光，晴空中云蒸霞蔚，好似要与夕阳的余晖争光夺彩。幽赏之人，眯起眼睛，静静打量这湖山傍晚的景色，趣意高远。不由觉得，自己已融入景中。胸中那点烦恼积习、人生快慰，随水天光景出纳隐现。这岂止是埋在丰城的宝剑所发出的紫光，这一时，分明是上天在为幽隐高雅之人剖解玉石中所蕴藏的神秘色彩。

湖上风景最宜如深甫先生这般慢慢细品。湖滨濒临西湖，接壤城市，可一览三面云山，历来是品鉴西湖阴晴雨雾的好地方。历代诗人漫步湖滨，但见晴湖波光闪烁，雨湖烟水蒙蒙，水天一色，若隐若现，如西子云鬟雾鬓，遂留下不少描写西湖晴时旖旎、雨时朦胧的优美诗句。

北宋范仲淹（989—1052）于春日游湖遇雨，写下了："湖边多少游湖者，半在断桥烟雨间。"元代曹明善（生卒年不详）《喜春来·春来南国花如绣》写道："雨过西湖水似油。"

入夏，梅子黄时，东边日出西边雨，即便是一日之内，也可赏到西湖晴雨相间的不同景致。从湖滨远眺，"水禽沙鸟自相呼，远近云山半有无。一叶扁舟两三客，载将烟雨过西湖"（明代聂大年《题彦颙画

云蒸霞蔚

四时幽赏 | 102

清　钱维城《西湖晴泛诗意图卷》(局部)　故宫博物院藏

清　钱维城《西湖雨泛诗意图卷》(局部)　故宫博物院藏

中小景》)。"饱听西湖莲叶雨,密传灵鹫雪峰灯"出自宋末元初诗人艾性夫(生卒年不详)《赠邻僧游杭》。元代马臻(1254—?)《秋日闲咏》为秋日西湖写下了"西湖晴雨画图间,坐倚阑干自解颜"。清代黄景仁(1749—1783)在"一湖新雨后,万树欲烟时"听到西湖《竹枝词》的情歌,沉醉于湖上美景,恋恋不舍。

由晴及雨,由雨看晴,在湖滨领略晴雨西湖,最是壮观,也最耐人寻味。苏轼卸任杭州通判十五年后,又出任杭州知州。《与莫同年雨中饮湖上》有句:"还来一醉西湖雨,不见跳珠十五年。"这种如醉如痴地观赏西湖雨景,正因诗人对西湖的无限爱恋。在苏轼眼中,"欲把西湖比西子,淡妆浓抹总相宜"。

2007年,秉承前贤品题西湖美景的做法,继1985年"新西湖十景"评选之后,时隔二十二年,杭州市又举行了"三评西湖十景"评选活动。"湖滨晴雨"被列为其中的第四景,弥补了从南宋"西湖十景"到"新西湖十景"中提到晴湖(平湖秋月)、月湖(三潭印月)、雪湖(断桥残雪),唯独没有雨湖的缺憾。"湖滨晴雨"的题名,既是西湖晴雨风光的一个再现,也是对西湖四时美景的一种补全。

山晚听轻雷断雨

山楼一枕[1]晚凉,卧醉初足,倚栏长啸[2],爽豁[3]吟眸[4]。时听南山之阳,殷雷[5]隐隐,树头屋角,鸠快新晴[6],唤妇声呼部部矣。云含剩雨,犹着数点,飘摇西壁。月痕影落,湖波溶漾。四山静寂,兀坐[7]人闲,忽送晚钟,一清俗耳。渔灯万盏,鳞次[8]北来,更换睫间幽览,使我眼触成迷,意触冥契[9],顿超色境[10]胜地。

---

1. 一枕:卧必以枕,犹言一卧。
2. 长啸:撮口发出悠长清越的声音。
3. 爽豁:犹爽朗。
4. 吟眸:指诗人的视野。
5. 殷雷:轰鸣的雷声。
6. 新晴:典出三国吴陆玑《毛诗草木鸟兽虫鱼疏》卷下:"鹘鸠,一名斑鸠,似鹁鸠而大。鹘鸠灰色,无绣项,阴则屏逐其匹,晴则呼之。语曰:'天将雨,鸠逐妇'是也。"后以此典形容天阴雨或天晴。
7. 兀坐:指独坐、端坐或直愣愣地、茫然地。
8. 鳞次:像鱼鳞那样密密排列。
9. 冥契:天机,天意。
10. 色境:佛教语。指眼所见的一切对象。

西湖多情。雨，也下出许多种情绪。这种种情绪，一落到湖里，终归于平静。

杭州地处浙北，靠近沿海，每年七至九月，总会有三五次台风过境。夏天的雨，来得快，去得也快，倒是有几分爽气。有时也会来势汹汹，像个发脾气的小孩。

有一场台风，过去多年，经历的人记忆犹新。那是1988年，8807号台风，名唤"Bill"，行迹诡异，突然正面袭击杭城。一夜狂风暴雨，雷电交加。沿湖许多树木被摧折，亭台楼阁也多有受损。湖水漫出湖面，淹没四周房屋。平湖秋月、三潭印月、花港观鱼已是一片

风雨初歇

泽国，就连岳庙高高的围墙也有多处坍毁。一时间，西子失颜，人间天堂狼藉一片。台风中电力、通讯、交通设施受损、中断，许多人到事后才知柔美的西子经受了怎样的创击。风雨稍歇，杭城数万群众立即自发投入灾后援助清理工作，人们协助园林部门，抢救倒伏的树木，打扫满是狼藉的路面，疏导淤积的水道，西湖景观很快又恢复了原样。湖边道旁，又见到游人漫游信步的身影，即便一时还来不及迁走的梧桐断枝上，已有两情相悦的人儿将之当作长凳，坐看风雨初歇。湖山清嘉，温馨安详。西湖，仿佛调皮的小女儿弄花了妆面，洗把脸，竟越发的靓丽旖旎了。

西湖是幸运的，毕竟这样的灾害性天气并不多见。在人们眼中，她总是美美的，经得起风雨，经得住摧残。自古，生活在西湖边的人们亦是悠然静逸的，即使面对恶劣天气，也总是淡定应对，一边收拾湖山，一边寻找其中意趣。这种不紧不慢的乐生情怀，并非兀然，而是得了西湖山水的滋养，在不觉中养成。

回到四百年前。想是午后一场狂躁的夏雨刚刚缓下来，深甫先生从沉沉的睡梦中醒来。午间的那一点酒还真是有些儿小劲，居然让他在风雨中酣眠了一个时辰，俨然不知雨打花落。山楼一觉，已至黄昏，凉风习习，好不爽快。饱睡醒来，懒懒地斜倚栏杆，撮口发出悠长清越的啸声。此时的他，心胸爽朗，视野豁达而舒展，连听觉都敏感起来。但听得南山南隐隐约约传来的雷鸣，那殷雷穿过云层，越过青山，飘至湖上，已成轻响。天始晴，树头屋角，斑鸠在欢快地歌唱。有谚语说："天将雨，鸠逐妇。"斑鸠一声声"部部"地叫，好似雨后心情大好，又在呼唤自己的伴侣了呢。云中还残存着一点剩雨，七零八落地飘洒到西边山墙上。淡淡的月痕倒映在湖中，随波摇漾。四面的山峦渐渐寂静。一人端坐着，感到分外清闲。忽然，传来几声寺院晚课的钟声，此时听来，真是世间清明的声音，让听惯了世俗之声的耳朵像受到了洗礼一般。

湖上，渔灯盏盏，船家纷纷向着岸边缓缓归来。这样温暖的场景，却像契入了天意，让人想起一场湖上的别离。那是在一个雨后薄雾的清晨。

李叔同出家后，妻子要求见他最后一面。湖上两舟相向而行，短

薄雾蒙蒙

暂的容与。舟上人有了这样的对话。

  诚子："叔同。"

  弘一："请叫我弘一。"

  诚子："弘一法师,请告诉我,什么是爱?"

  弘一："爱,就是慈悲。"

不同的人生,经历不同的风雨。唯慈悲心着眼,处处皆幽景。

  冥冥幽思,觉得深甫先生山楼前的这面湖,超过世上众多美景胜地。

  轻雷在耳,雨断。湖上有情天。

乘露剖莲雪藕[1]

莲实之味，美在清晨，水气夜浮，斯时正足。若日出露晞[2]，鲜美已去过半。当夜宿岳王祠[3]侧，湖莲最多。晓剖百房[4]，饱啖足味。藕以出水为佳，色绿为美，旋抱西子一湾，起我中山久渴，快赏旨哉，口之于味何甘哉？况莲德中通外直，藕洁秽[5]不可污，此正幽人素心，能不日茹[6]佳味？

---

1 莲雪藕：莲藕之一种，色白如雪，肉脆嫩多汁，甜味浓郁。
2 晞（xī）：干。
3 岳王祠：即为纪念南宋抗金英雄岳飞及其长子岳云之墓庙。在今西湖北山路，"西湖十景"之"曲院风荷"旁。
4 百房：结构和作用像房子的东西，此处指莲蓬。
5 秽：肮脏。
6 茹：食也，吃。

崇宋史蘇軾傳軾知杭州募民種菱湖中於越
新編笑俗謂難頭出杭州西湖西湖遊覽志籲
出西湖其花有紅白二種白者香而結藕紅者
艷而結蓮今嘉湖溪渚中菱茨蓮藕之屬亦有
之比西湖所產差亞

清　董棨《太平欢乐图·西湖莲藕》

深甫先生真是湖上第一便宜人。他眼里的西湖总是静美的，深趣的。他决不会与人争睹风景，只会在清晨、傍晚、深夜，于无人时，独自幽赏。仿佛整个西湖都是他的，美景、美食，哪一样不是创意之眼，用心之得？

这位生活家说，莲子的滋味，清晨最美，夜浮水气之精华，这时候最充足。如若太阳出来晨露蒸发散去，莲子鲜美的味道就要减半了。要吃到美味的莲子，头天晚上，携小舟夜宿岳王祠畔，那里荷花最多。

早晨起来剖剥莲蓬，饱餐一顿，那叫一个心满意足啊。藕以刚出水的最好，色绿为美。"唯有绿荷红菡萏，卷舒开合任天真。"吃着美味，环绕西湖游一圈，引起心中渴望山中林下生活的夙愿。这才是欣赏美景的趣味啊。什么样的味道才算得上甘美？在深甫先生眼里，莲梗中通，挺直不弯，莲藕高洁，出污秽不染，这正是行端言直、高雅人士的心胸情怀。这被人格化了的美物，怎能不天天品味呢？

如果你懂她，西湖是慷慨的。西湖的荷花盛开了千年，那美味的莲、藕仍是幽人珍馐。

如今湖上僻静处有一座小小书院，名唤"浮云堂"，原是湖西鸂鶒湾子久草堂。临湖的丈室正对着一片荷塘。读书喝茶，不谈悲喜。女主人心灵手慧，至小暑节气，荷花开得最胜时，放下手中沈复的《浮生六记》，学着作者妻子芸娘制作荷花茶，别有一番情趣。记得书里写道："夏月，荷花初放时，晚含而晓放。芸用小纱囊撮茶叶少许，置花心，明早取出，烹天泉水泡之，香韵尤绝。"依照书里的文字，取一小撮茶叶用纱布缝好，做成茶包。于夕阳西下时，唤一只小舟，漾入荷塘。将茶包放入荷花蕊中，再将花瓣轻轻合上。这么静置一夜，第二天一早取出。晒干后放入锡罐保存。品尝时只需取出茶叶，注入热水，就可以闻香喝茶了。那是西湖春天谷雨的龙井与夏日六月荷花的味道。荷香薰人，茶香更溢，唯在西湖才能品得。

荷全身是宝，从花瓣、荷叶，到莲子、莲藕，全株可用，适合入茶做成点心，清凉消暑。这个时节，书院的姑娘们还做些有创意的茶品和点心。

制作荷花茶

　　将薏仁和山楂用水冲去杂质，与陈皮、荷叶一起研磨成细粉。注入开水，用茶筅打匀，一碗薏仁荷叶茶，便呈现在书生面前。

　　将洗净的莲子放入蒸锅中，隔水蒸至酥软，取出；将西米在冷水中静置一小时后，煮至熟透呈透明状。蒸好的莲子加入西米粥中，加白糖煮沸，盛出放入冰箱冷藏后食用。这是莲子羹。

　　将水、藕粉、糯米粉混合均匀，倒入盘中。锅中放入蒸架，烧开水，将粉水蒸至凝固成形，取出冷冻约半小时，用模具将其压出形状，摆盘，再撒上些桂花糖点缀。这是藕粉桂花糕。

莲蓬杯垫

更不消说,湖上楼外楼、知味观这样的百年老店,桂花糖藕糯糯甜甜,不知柔软了多少外乡人的羁旅之心。

清晨散步湖边,偶有卖莲蓬的。买一两只来,有时并不吃,看它自然干了,变成老练的黑褐色,放在书桌案头,是个雅致的摆件。偶然在湖畔居吃茶,一边与友聊着海天,一边将莲蓬顺着边缘缓缓剥开,将莲子一一从孔洞中轻轻取出,一个莲蓬杯垫就做好了。新鲜时,墨绿而清香。也可将之压平,晒干,每一个莲蓬杯垫都是独一无二的艺术品。我每年都会做些,送给远方的友人。

空亭坐月[1]鸣琴

夏日山亭对月，暑气西沉，南薰[2]习习生凉，极目遥山，盘郁[3]冰镜[4]，两湖[5]隐约，何来钟磬[6]？抱琴弹月，响遏[7]流云。高旷抚《秋鸿出塞》，清幽鼓《石上流泉》。《风雷引》，可辟炎蒸；《广寒游》，偏宜清冷。乐矣山居之吟，悲哉楚些之曲，泠然指上《梅花》[8]，寒彻人间烦愦矣。噫！何能即元亮[9]无弦之声，得尘世钟期[10]之听哉？宜正音为之绝响[11]。

1　坐月：坐于月下。
2　南薰：亦作"南熏"，借指南风。
3　盘郁：曲折幽深貌。
4　冰镜：此处喻明月。
5　两湖：此处指西湖的里湖与外湖。
6　钟磬：钟和磬，古代礼乐器。此处指钟磬声。
7　遏：阻止、断绝的意思。
8　《梅花》：《秋鸿出塞》《石上流泉》《风雷引》《广寒游》《山居吟》《梅花》均为古琴曲名。
9　元亮：指晋代诗人陶渊明。
10　钟期：即钟子期，春秋战国时期楚国人。战国郑列御寇《列子·汤问》："伯牙所念，钟子期必得之。子期死，伯牙谓世再无知音，乃破琴绝弦，终身不复鼓。"此处引为知音意。
11　绝响：失传的音乐，泛指传统已断。

南宋 《临流抚琴图》（旧题夏圭作） 故宫博物院藏

古琴一直是中国文人的重要乐器，是他们解脱自我、寻觅知音、求索智慧、自我实现的一种生活方式。

深甫先生对琴颇有研究，在其养生奇书《遵生八笺·燕闲清赏笺·琴剑》中写道："琴为书室中雅乐，不可一日不对清音。"无论古琴、新琴，善操与否，文人书斋都应该备有一床琴。又云："吾辈业琴，不在记博，惟知琴趣，更得其真。"

每逢夏日的夜晚，深甫先生会择一处山居凉亭，闲来赏月。酷暑的热浪随着夕阳西沉渐渐散去。南风习习吹来，生出阵阵凉意。极目眺望远处的山峦，月亮穿过云层，照着郁郁苍山，幽远而深邃。月光下，西湖的里湖与外湖隐约可见。何来钟磬之声？月下抚琴，琴声高入云霄，仿佛要让流云停驻。琴，真是文人雅士的生活伴侣，可以把所有的心事都付予它。心情高远时，抚一曲《秋鸿出塞》，旋律苍雄浑朴，节奏起伏跌宕，好似远达平沙，一举万里；心境清幽时，鼓《石上流泉》，寓情山水，结盟泉石，恍若悬崖寒溜，跳珠瀑布，夺人心目。《风雷引》这首乐曲从风雨欲来之势，进而迅雷烈风，大雨如注，雷隆隆，风萧萧，奇纵突兀，气势磅礴，可避上蒸下煮之暑热。《广寒游》适宜清冷气氛，意趣高远，飘然有独步太虚之想，清旷玄邈，仿佛置身广寒清虚之府。《山居吟》见巢居云松丘壑者，淡然与世两忘，天地为庐，草木为衣，枕流漱石，徜徉其间，乐夫天命。悲壮的《楚歌》抒发英雄末路、意气消沉，感慨万千，弦歌以悼。梅花，情志高洁，冰肌玉骨，凌寒留香。花中梅清，声中琴清，泠泠然，指间流淌清幽的《梅花》，足以让人间的烦恼悲愤都得以平息。噫！如何能像陶渊明弹奏无弦之琴，亦在世间寻找到俞伯牙与钟子期这样的知音呢？深甫先生在其《论琴》中写道："琴者，禁也，禁止于邪，以正人心。"这才是人间的绝响。

"君子无故不去琴瑟。"关于古琴，湖上有太多人文故事。白居易、林逋、苏轼、高濂、阮元善操，有琴诗琴理传之于世。及至民国汪庄主人汪自新还有座"今蜷还琴楼"，里边挂满古今琴谱墨拓，又珍藏四处寻访来的古今名琴。后虽散去，但湖上琴痴之流风雅韵，绵延至今。

形成于南宋末年的浙派古琴艺术是汉族民间最古老的一个古琴流

明　戴进《南屏雅集图》(局部)　故宫博物院藏

派,后在西湖得以传承发扬。明代,浙派古琴成为琴界最重要的艺术流派,至民国,浙派传人中声望较高的徐元白先生又使浙派古琴得以振兴,嫡传弟子出众。2003年11月,中国古琴被联合国教科文组织列入"人类口述与非物质遗产代表作",世界肯定了具有千年历史的古琴之艺术价值,也确立了古琴在世界艺术之林不可取代的地位。这其中,西湖琴人亦多有贡献。

　　古琴至善至美,琴人须用一生的锤炼投入其中,不断丰富自己的生命,涵养自己的情怀。如今,西湖边琴社林立,传习古琴技艺成为热门。琴价因市见涨,也挡不住买琴人的热望。大型古琴演奏会、表演赛层出不穷。走在湖边,也常会听得某处胜迹传来琴音。自古琴以载道,雅乐正心。深甫先生《论琴》中有云:"是为君子雅业,岂彼心中无德、腹内无墨者,可与圣贤共语?"但愿盛世学人能法古修身,体会到以琴"慕道自隐""邈古心远""意闲体和"的天真之意。

观湖上风雨欲来

　　山阁五六月间，风过生寒，溪云欲起，山色忽阴忽晴，湖光乍[1]开乍合。浓云影日，自过处段段生阴，云走若飞，故开合甚疾。此景静玩，可以忘饥。顷焉，风号[2]万壑，雨横两间[3]，骇水腾波，湖烟泼墨，观处心飞神动，诚一异观哉！有时龙见，余曾目睹：龙体仅露数尺，背抹螺青[4]，腹闪珠白，矫矫[5]盘盘[6]，滃[7]云卷雨，湖水奔跳，奋若人立，浪花喷瀑，自下而升，望惊汩[8]急漂疾，滂湃汹涌，移时乃平。对此水天浑合，恍坐洪蒙[9]，空中楼阁飞动，不知身在何所。因思上古太素[10]，简朴无华，是即雨中世界。要知一切生灭本空，何尔执持念根，不向无所有中解脱？

1　乍：忽然，突然。
2　风号：指风声大，气势豪强。
3　两间：指天地之间。
4　螺青：一种近于黑的青色。
5　矫矫：勇武貌。
6　盘盘：曲折回绕貌。
7　滃（wěng）：形容云起。
8　惊汩：水流的样子。
9　洪蒙：太空，宇宙。
10　太素：出自《列子》，古代谓最原始的物质。

"溪云初起日沉阁,山雨欲来风满楼。"晚唐诗人许浑(约791—约858)在宣宗大中三年(849)任监察御史时,大唐王朝已是日薄西山,气息奄奄。他在一个秋日的傍晚登上咸阳古城楼观赏即将来临的暴风雨,心中涌起的是无边的忧愁和凄怆的思乡之情。同是登阁观风雨欲来,心怀高朗旷达的高深甫先生却只将之视为幽赏,于狂风暴雨中超然出尘,生发出关于生命和宇宙的哲思。

湖上夏五六月,山中楼阁风吹过,顿生寒意。山溪云雾升腾,山色阴晴变幻,湖上的光线也是忽开忽合。浓密的乌云遮住阳光,飘过的地方一块块生出阴影。云跑得飞快,天空明亮与阴暗也开合得极快。静静地品味这种景色,可以忘却饥渴。顷刻间,山风呼啸,倾盆大雨充满了天地之间,湖面掀起骇浪,湖中的烟雨有如泼墨山水画一般,看得令人心飞神动,这情景简直是一种奇观!有时好像看见有龙出现。深甫先生曾目睹,那龙的身体仅仅露出几尺,背部是近于黑的青色,腹部闪烁着珍珠一样的白光,矫健盘旋舞动着身躯。云气升腾席卷着雨花,湖水奔涌跳跃,浪头卷起一人多高,喷射出瀑布般的浪花。眼看着,从下而上,惊涛巨浪急速漂流,汹涌澎湃……一会儿,湖天静了。面对这水天一色的景致,恍惚坐在天地初开的鸿蒙混沌之中,高耸的楼阁也好像在飞快地转动,真不知身在何处。不由得,思考起上古之时万物本真,朴素无华,就像这雨中的世界。要知道宇宙间的增减都是空幻,所谓"一切法,无所有,毕竟空,不可得"。为何抱着执念不放,不向"无所有"中求解脱呢?

平时静谧的西湖,在深甫先生笔下也有惊涛骇浪、摧枯拉朽之势。

西子的端庄秀美与电母的狂野妖艳交相呼应

还记得苏轼也写过这样一场西湖雨。那是宋神宗熙宁五年（1072）六月二十七日，他在望湖楼写了一组《六月二十七日望湖楼醉书五首》，其中第一首诗即抓住了西湖上夏日阵雨时的场景。他以唯美的写实手法，描绘出雨前、雨中、雨后的不同情景。"黑云翻墨未遮山，白雨跳珠乱入船。卷地风来忽吹散，望湖楼下水如天。"既是醉书，一定是酒后起兴，诗人如何能观察得这么细致呢？实在是醉翁之意不在酒，在乎山水之间也。当时的诗人还只在杭州做通判，元祐四年（1089），苏轼自龙图阁学士出任杭州知州，那年七月，他写下《与莫同年雨中饮湖上》："到处相逢是偶然，梦中相对各华颠。还来一醉西湖雨，不见跳珠十五年。"诗无悲喜，但见诗人豪健畅达的心境。

  湖上风雨依旧来，观者代有其人。2015年初夏的某个夜晚，湖滨六公园湖畔居茶楼总经理楼明刚忙完店里的生意，像往常一样手持相机，平台倚栏，眺望西湖。湖上风雨欲来，突然一道闪电划过夜空落入美丽的夜西湖。他本能地将这一奇观摄入镜头。只见耀眼的闪电绚烂美丽，倒映在湖中，像是美丽的西子与电母把臂同游。西子的端庄秀美与电母的狂野妖艳交相呼应，为观者留下了一个新奇绚丽的瞬间。互联网时代，不消几分钟，这张"西湖触电"图，便引来围观者无数。

  西湖风雨旧时同。我们之所以不能像古人那样对生活超然洒脱，对美耳聪目明，也许是因为有太多的挂碍，以至于不能活在当下。而大千世界的成住坏空本是常态。

步山径野花幽鸟

　　山深幽境，真趣[1]颇多。当残春[2]初夏之时，步入林峦，松竹交映，遐观[3]远眺，曲径通幽。野花隐隐生香，而嗅味恬淡，非檀麝之香浓；山禽关关[4]弄舌，而清韵闲雅，非笙簧之声巧。此皆造化机局，娱目悦心，静赏无厌[5]。时抱焦桐[6]向松阴石上，抚一二雅调，萧然[7]景会幻身，是即画中人物。远听山村茅屋，傍午鸣鸡，伐木丁丁[8]，樵歌[9]相答。经丘寻壑，更出世外几层。此景无竞无争，足力所到，何地非我传舍[10]？又何必与尘俗恶界区区较尺寸？

1　真趣：自然纯真的趣味。
2　残春：春天将尽的时节。
3　遐观：远眺。
4　关关：鸟类雌雄相和的鸣声，泛指鸟鸣声。
5　厌：满足。
6　焦桐：东汉蔡邕曾用烧焦的桐木做琴，后因称琴为焦桐。泛指名琴。
7　萧然：犹言潇洒、悠闲。
8　丁丁（zhēng zhēng）：拟伐木的声音。
9　樵歌：樵夫唱的歌。
10　传舍：传舍，古时供行人休息住宿的处所。

西湖三面环山，深林幽境，四季景异，颇多天然真趣。仁者乐山。策杖芒鞋，骑驴跨马，深甫先生常到西湖周边的幽谷深山，享受山的仁静之美。

每当暮春初夏时节，信步山林，虬劲的松树与翠竹交相掩映，远远探去，古道幽深，一眼望不到尽头。路旁不知名的野花隐隐散发幽香，那气味虽不似檀木、麝香那般浓郁，却恬淡清雅；山上野鸟欢唱相和，听着似清韵般闲雅，不像笙簧之声那么机巧。这些，都有天地造化的美妙玄机，娱人耳目，悦人心境，如此静静欣赏山中美景，多久都不觉得厌倦。若此时，还携有一张古琴，则在松荫石上抚一二曲雅调，潇洒悠然，情与景会，仿佛化身为图画中的人物一般。临近正午，远处传来山村茅舍的鸡鸣声、伐木的丁丁声、樵夫山歌相互应答之声。不觉间，越过山丘，跨过深谷，满山游遍，似离红尘甚远了。这里没有竞争倾轧，想来只要脚力所能到的地方，不都可以成为自己休息居住的处所吗？又何必在凡尘俗世计较于区区小事呢？

现代生活，人们更注重休闲养生。随着社会全民健身运动的倡导，民间兴起了山地行走的热潮，杭州的山成了新的旅游目的地。为了让人们更安全便捷地行走，西湖周边群山的游步道建设也迅速发展。那时，园林部门还征用了不少骡子背运石材上山，这成了一道难得一见的风景。很快，西湖周边群山登道贯通，巡游山间，亲近山林，成为杭州人节假日休闲的生活方式。

有幸在西湖景区工作。尤是在灵峰脚下玉泉池畔工作的这些年，几乎日日在山间行走。春夏之交，灵峰的繁花次第开放，又静悄悄地

明 谢时臣 《西湖春晓图》(局部)
济南博物馆藏

南宋 《瓦雀栖枝图》 故宫博物院藏

落了满地。山林的清晨是充满生机的，晨练的、遛鸟的，早起的人们尽情享受纯净的空气，这一朝春尽，想必有人是知会的。春生夏长，青梅也熟了，来场煮酒英雄会吧。走在灵峰山道上，看看野花，蹲下来，深情地亲吻它们。那颗忙碌的心渐渐静下来，听，山禽在鸣叫，它们生息在这里，是山中欢畅的精灵。

植物园里曾创办了一所学校，名"桃源里自然中心"。是由阿里巴巴公益基金会、桃花源生态保护基金会、杭州植物园联合设立的。中心开设听花、观鸟、夜游山林、户外运动等自然教育课程，倡议者建议市民"放下屏幕，走进自然"，为与自然接触缺失的人们提供一个重回大自然怀抱的场所。开学当日，正值"空山新雨后"，人们在自然老师的引导下，手拢耳朵，聆听大自然的声音。山风猎猎，鸟鸣声声，是为天籁。许多人竟然流下了感动的眼泪。大自然是有神奇疗愈力的，那个系统的密码藏在叶脉、花苞、树皮、果实、盘根错节里，藏在风里、云里、山里、水里……心之所安，即是故乡；心之所往，即是远方。生活在都市里的现代人更应去大自然，观察、探索，寻找古人"步山径野花幽鸟"天人合一的生活智慧，接受身、心、灵的洗礼。

足力所能到的地方，哪里不能成为我心休憩的处所？深甫先生山径行走得到的感悟，何尝不应该成为我们的生活智慧？

感恩自然。依恋山水。

西风起处,一叶飞向尊前,意似秋色怜人

四时幽赏·秋时幽赏

西泠桥畔醉红树

西泠在湖之西,桥侧为唐一庵公[1]墓。中有枫柏数株,秋来霜红雾紫,点缀成林,影醉夕阳,鲜艳夺目。时携小艇,扶尊登桥吟赏,或得一二新句。出携囊[2]红叶笺书之,临风掷水,泛泛[3]随流,不知漂泊何所。幽情耿耿[4]撩人[5]。更于月夜相对,露湿红新[6],朝烟凝望,明霞艳日,岂直胜于二月花也!西风起处,一叶飞向尊前,意似秋色怜[7]人,令我腾欢豪举,兴薄[8]云霄,翩翩[9]然神爽哉!何红叶之得我耶!所患[10]一朝枯朽,摧[11]为爨桐[12],使西泠秋色,色即是空,重惜不住,色相终为毕竟空也,谁能为彼破却生死大劫哉?他日因果,我当作伤时命以吊。

---

1 唐一庵公:明代刑部主事唐枢(1497—1574),归安(今浙江湖州)人,人称一庵先生。
2 囊:囊袋。
3 泛泛:漂浮之意。
4 耿耿:心中挂怀,不安的样子。
5 撩人:诱人,动人。
6 红新:红色鲜艳的样子。
7 怜:爱惜。

西泠古桥

8 薄:迫近,接近。
9 翩翩:自由自在,优雅潇洒的样子。
10 患:担忧,忧虑。
11 摧:拗折。
12 爨(cuàn)桐:爨,炊也。爨桐,烧桐木以为炊。

桥畔红叶

　　西泠桥在西湖之西,北山栖霞岭麓和孤山之间,是一座古雅的圆洞石拱桥。站在西泠桥上,春可赏桃,夏宜观荷,到了秋日,桥畔的红树不知陶醉了多少人。

　　深甫先生那会儿,西泠桥畔有红枫乌桕数株,秋来风霜把树叶染成了红色,秋雾中树叶漫射出紫色的光泽。谁曾想这"霜红雾紫",数百年后竟成了时尚潮人们秋冬季美发的流行色,不知是否有人会记得那个对色彩敏感且善表述的湖上幽人。

西泠桥上看夕阳也是绝美的,尤其是深秋,红树点缀,夕阳下更是绚丽多彩,鲜艳夺目。这就勾起了幽人的雅兴。深甫先生时常划小船自苏堤随流水东来。去赴这样的美景,酒是一定要有的。弃舟登桥,饮酒赏景,诗意就涌上了心头。有时得一二新句,颇中心意。随手捡些红叶,装入锦囊作诗笺,吟得的新句便写在笺上。站在桥头,临风将红叶诗笺掷入湖水中,那诗笺随波逐流,不知会漂泊到何处。此情此景,总成心事,让人挂怀。更有月夜时,站立桥头,看夜深露浓,濡湿的红叶,跟初生的一样新鲜。等到湖上朝雾升起,霞光明媚,艳阳下那红叶何止胜过二月的春花啊。西风吹起,一片红叶飞向酒杯前,仿佛秋色也在怜惜赏秋之人。兴奋地频频举杯,那兴致直冲云霄,飘飘然心神为之一爽!这哪里只是红叶懂我啊?感伤的是,有朝一日,枯萎腐朽,梧桐沦为备炊的木柴,又有谁知它竟是作琴的良木呢?这西泠的秋色转瞬成空,任你再怎么爱惜也留它不住,一切有形有相的事物,终归是变化无常的,谁又能为它击退生死的威胁呢?来日的因果,权且当作命运来凭吊吧。

无论红叶多么绚烂,终有一日离树成空。秋上心头,酒添愁。但幽人总能看破,看淡,把酒当歌,顺时应命,不妨去红树下寻访那些情系西湖、魂归西泠的故人。

按深甫先生的记述,明代刑部主事唐枢(1497—1574)也曾埋骨于西泠桥畔。唐枢,字惟中,号子一,人称一庵先生,归安(今浙江湖州)人,因仗义执言被官场除名,后回湖州老家讲学。他以"讨真心"为教育思想，重学问、善思辨并身体力行，为一代鸿儒。不知一庵先生为何葬于西泠，后又于何时迁回老家湖州安葬。当日深甫先生在西泠桥上举觞畅饮时，想必心里是念想这位"讨真心"的耿直老头儿的。

自古葬于西湖的名人甚多。1964年，以"破旧立新"之名，西湖景区发动了一场名为"清理西湖风景区坟墓碑塔运动"，仅孤山西泠桥畔就清理了三十多座。其中苏小小、林逋、武松、冯小青等墓冢被毁为平地，不留痕迹。直至20世纪80年代，这些古墓大部分得到修复，重新成为人们西湖边游览凭吊、发思古之幽情的地方。

"鉴湖女侠"——著名民主革命家秋瑾（1875—1907）的墓也在西泠桥畔。"秋风秋雨愁煞人"，秋瑾壮烈成仁后，其墓地九迁。1981年，秋瑾墓重建于西泠桥南堍，其生前"埋骨西泠"的愿望终得实现。墓在西泠桥东侧，基座上端为汉白玉全身塑像，英姿飒爽，墓正面大理石碑上刻有孙中山亲笔题写的"巾帼英雄"四个大字。色空不二，这他日的因果啊，当以命运来凭吊。每每路过西泠桥畔，会想起法国诗人保尔·瓦雷里的那句诗："多好的酬劳啊，经过了一番深思，终得以放眼远眺神明的宁静！"

树木中深秋叶色变红的有不少，如乌桕、槭树、山槐树、黄栌、梧桐树等，秋日里且都可叫它们为红树。西泠桥畔并未因多墓冢而显得阴森，相反，在深秋阳光好的日子，显得别样流光溢彩。从桥上隔湖眺望，整条北山街的梧桐，逐渐由金黄变得橙红，美得如同油画，让人心醉。

宝石山[1]下看塔灯

保叔[2]为省中[3]最高塔，七级燃灯，周遭百盏，星丸错落[4]，辉煌烛天。极目高空，恍自九霄[5]中下。灯影澄湖[6]，水面又作一种色相[7]。霞须滉荡，摇曳长虹，夜静水寒，焰射蛟窟。更喜风清湖白，光彩俨[8]驾鹊桥[9]，得生羽翰[10]，便想飞步绳河[11]彼岸。忽闻钟磬，半空梵音，声出天上，使我欲念色尘，一时幻破，清净无碍[12]。

---

1. 宝石山：位于西湖北里湖北岸，原称"巨石山"，"宝石流霞"为西湖新十景之一。
2. 保叔：即保俶塔。
3. 省中：指省城杭州府。
4. 错落：参差相杂的意思。
5. 九霄：古代神话传说中天有九重，指天之极高处。
6. 澄湖：清澈之湖也。
7. 色相：佛教语，即物质的特征。
8. 俨：好像，活像。
9. 鹊桥：古代民间爱情故事中，农历七月初七，喜鹊为牛郎织女在天上搭成相会之桥。此处指塔灯映照水面形成天桥的样子。
10. 羽翰：翅膀。
11. 绳河：天河，又名银河。
12. 无碍：佛教语，意为通达自在，没有障碍。

西湖三面云山之北山，是由宝石山、葛岭、栖霞岭连成的一道屏障。这里是西湖与城区的交融地带，湖上游人最密集的地方之一。保俶塔位于宝石山东端，巍然挺秀，好似窈窕"美人"伫立山巅。

深甫先生那会儿，保俶塔是当时杭州地处最高的塔，游人还可登塔观览西湖景观。每当夜晚，七级浮屠燃起灯火，周围百盏灯齐放光明，像星光错落，辉耀的烛光一时照亮天穹。极目仰望夜空，恍惚自己来自九霄碧空。灯火倒映在湖水中，水面又呈现另一种形态，像霞光倒映在湖中，随波荡漾。烛光摇曳，若长虹一般。夜阑人静，湖水寒碧，那烛火像照射着蛟龙幽洞深不可测。更觉得可爱的是，湖上风清，远处的湖面泛着月白的光，那烛光就像在水中驾起的鹊桥。此刻若长出双翅，真想飞向银河的彼岸。冥想中，忽然听到塔院晚钟的声音，那空灵的钟声起自半空，像是从天上传来一般，顿时凡尘欲念如幻影破灭，身心清净，了无挂碍。

保俶塔以其优雅的外形，成为西湖胜迹的标志性建筑之一。历史上保俶塔几经毁修，1933年按古塔原样修葺，使之成为一座实心塔，保留至今。

保俶塔所在的这座宝石山，山岩呈赭红色，岩体中红色矿物质在朝阳或落日的映照下，如宝石般熠熠生辉，山因此得名，景亦以"宝石流霞"著称。二十一世纪初，西湖综保工程启动。为满足人们夜游的需求，湖上亮灯工程也逐步推进，宝石山下不仅可看塔灯，还可看整座北山在夜空中呈现出与白天不一样的瑰丽。

今天宝石山的亮灯设计风格具有中国画的江南水墨特色。将几座

窈窕"美人"伫立山巅

主要建筑的外墙用灯光打亮，它们就看似镶嵌在一片山体中，隐约而神秘，而保俶塔是其中的点睛之笔。设计师从最小干预的角度出发，采用中国传统照明手法，以体现各建筑的自身特点。保俶塔整个塔身采用立杆投光、不同功率的亮化手法，近处用低功率灯具，高处大功率灯具，保持均匀打亮，色彩则以暖白、暖黄等淡雅的光色为基调。其在光照方式上，采用月光式照明，即在树上装上小投光灯，向下打光，犹如月光，以保障行人和行车安全。2013年出台的《杭州市主城区城市照明总体规划》中还曾经提到过一个新的概念：黑天空保护区，即保护区内仅允许设置必要的功能性照明路灯，禁止使用漫射光、半截光灯具，必须使用截光型路灯灯具，杜绝照向天空的逸散光。设置黑天空保护区，作用之一就是保护自然环境，让鸟类可以安心栖息。在宝石山的节能优化改造设计中，也运用到了这一概念，在黑天空保护区的山体区域是完全不设任何灯光的，就像中国水墨画中的"留白"。

每当人们乘坐夜航船游览西湖，舟在湖面上缓缓前行，仰头望向宝石山，宛若一幅天然水墨画卷。山玲珑剔透，塔秀美静谧，南屏的晚钟随风飘送。更远处，是都市人的灯红酒绿。城湖相依、云山抱湖，这便是西湖得天独厚的美妙意趣。

满家弄[1]赏桂花

桂花最盛处，惟南山龙井为多。而地名满家弄者，其林若墉[2]若枛[3]，一村以市花为业，各省取给于此。秋时策蹇[4]，入山看花，从数里外便触清馥。入径，珠英琼树，香满空山，快赏幽深，恍入灵鹫[5]金粟[6]世界。就龙井汲水煮茶，更得僧厨山蔬野蕨作供，对仙友[7]大嚼，令人五内[8]芬馥。归携数枝，作斋头[9]伴寝，心清神逸，虽梦中之我，尚在花境。旧闻仙桂生自月中，果否？若向托根广寒，必凭云梯天路可折，何为常被平地窃去？疑哉！

---

1 满家弄：即满觉陇，亦称满陇、满家巷，在西湖西南，南高峰与白鹤峰夹峙下的山谷。"满陇桂雨"为新西湖十景之一。
2 墉：城墙，高墙。
3 枛：梳子、篦子类梳头的工具。
4 蹇：指驽马，也指驴。
5 灵鹫：山名，在中印度摩揭陀国王舍城之东北，梵名耆阇崛，山中多鹫，故名。
6 金粟：桂花的别称。因其色黄如金，花小如粟，故称。
7 仙友：桂花的别称。
8 五内：五脏。
9 斋头：指书房里。

桂花在杭州已经有近千年的栽培历史。民间流传着这样一个故事。

唐代时，杭州灵隐寺有个烧火的德明和尚，在皓月当空的中秋之夜，忽然听见窗外滴滴答答的雨声。他开门一看，只见月亮里落下无数像珍珠般的小颗粒，便拾了满满一兜。

第二天，德明和尚把此事告诉了师父智一长者，师父仔细一看便道："这可能是月宫里吴刚砍桂树时震落的桂子。"

于是，他们把这些芬芳的小颗粒种在寺前庙后的山坡上。到了第二年中秋节，桂树不但长得又高又大，而且树上还开满了芳香四溢的各色桂花。德明和尚便把它们取名为金桂、银桂、丹桂和四季桂。

现在，灵隐寺旁边还有一座月桂峰，传说就是当年月宫落下桂子的地方。

曾任杭州刺史的唐代大诗人白居易（772—846）在他的《忆江南》中写道："江南忆，最忆是杭州。山寺月中寻桂子，郡亭枕上看潮头。"于是，这段佳话便流传更广了。

除了白居易，北宋著名词人柳永（约987—约1053）在他的《望海潮》中，也写到了杭州的桂花："东南形胜，三吴都会，钱塘自古繁华……有三秋桂子，十里荷花……"

历代文人将桂花作为标志景物加以吟咏，赋予了杭州桂花更多的人文内涵。

满家弄，即南山满觉陇，早在南宋时期，这里的桂花就已闻名遐迩。满觉陇曾建有寺院，寺中僧人种植桂花，并形成一定规模。《咸淳

三秋桂子落

临安志》有这样的记载："桂，满觉陇独盛。"至明代，满觉陇已是人们秋日游览赏桂的胜地。

　　说深甫先生是满觉陇桂花的代言人一点不为过。这位生活家最知道，湖上桂花最盛的地方，唯南山龙井，而地名叫满家弄的，那里的桂花林像一道道城墙、一排排梳篦那样茂密。整个村都以卖桂花为职业。他处的桂花都源自此地。秋天的时候，骑驴缓缓入山看花，几里外便闻到了馥郁的桂香。进入桂林小路，株株仙树缀满花朵，香气溢满了整座山，真是怡情悦性、快乐悠哉，恍惚间像是进入了灵鹫山的金粟世界。此时取来龙井水煮茶，再得到山僧斋厨供给的山野时蔬，对着清雅高洁、芳香四溢，被称为"仙友"的桂花开怀饱餐，令人五脏都变得芬芳馥郁。归来时，顺便携了几枝桂花，放在案头床边，伴人就寝，心清神逸，即使是梦里，也还流连于桂花仙境。过去，曾听说仙桂生长在月亮之中，真的吗？如果它扎根广寒宫，肯定得凭借云梯上天去折，又为何常被窃来平地上呢？真是奇怪啊！

真是个可爱浪漫的人儿。深甫先生这一段幽赏，可是让满觉陇的秋天火了几百年。每到农历八月，桂花开时，去满觉陇赏桂的人便络绎不绝。人们喜欢坐在桂花树下喝茶，吃桂花栗子糕。金风送爽，一阵阵"桂花雨"飘落到手中的那杯龙井茶里，湖上的春与秋就这样相遇在一杯山水里，清芬扑鼻，怎不叫人心动？

满觉陇的桂花还是治愈系的。郁达夫（1896—1945）写过一部《迟桂花》，用细腻的笔调刻画了翁家山满觉陇宁静的深秋，主人翁莲姑的形象就像桂花一样散发着幽香，即使内心充满"病态"的人，也会在这样美的大自然中，被纯真质朴的人格魅力所感悟启迪、滋润净化，从而走出悲剧命运的阴影。

满觉陇的桂花，就是长在人间天堂的仙树，就是历代文人的笔下"仙友"。1983年，杭州市将桂花确定为市花。"满陇桂雨"也因此成为新西湖十景之一。

三塔基听落雁

  秋风雁来,惟水草空阔处择为栖止[1]。湖上三塔基址,草丰沙阔,雁多群呼下集作解阵[2]息所。扶舟夜坐,时听争栖竞啄[3],影乱湖烟,宿水眠云,声凄夜月,基畔呖呖嘹嘹[4],秋声满耳,听之黯然[5]。不觉一夜西风,使山头树冷浮红[6],湖岸露寒生白矣。此听不悦人耳,惟幽赏者能共之。若彼听鸡声而起舞[7],听鹃声而感变[8]者,是皆世上有心人也。我则无心。

---

1 栖止:寄居停留的地方。
2 阵:雁高飞时排成的队形。
3 竞啄:雁争巢、争食的情形。
4 呖呖嘹嘹:形容雁鸣之声。
5 黯然:感伤沮丧。
6 浮红:树叶的颜色因入秋而转红。
7 听鸡声而起舞:闻鸡起舞,典出《晋书·祖逖传》。
8 听鹃声而感变:北宋邵雍天津桥畔闻杜鹃,惨然不乐,预言天下多事。典出《邵氏闻见录》卷一九。

秋风起，大雁南飞。雁群会在途中选择水草丰美、湖面空阔之地，停下来歇息。旧时，湖上的三塔基址水草丰茂，平沙正可落雁。大雁在高空中成群结队地飞翔，不知它们如何能找到这样的地方来栖息，真是有灵性的动物啊。它们常常招呼着群集飞下，到了水岸沙地才解散雁阵，停留憩息。每当这个季节，深甫先生会在夜晚划船去三塔基附近，任小舟容与，静坐着，欣赏湖上秋光。雁儿们相互争夺地盘、竞争食物的嬉戏声，不时传来。偶尔飞鸟的影子掠过湖面，湖上的雾气像被搅动了一般，烟蕴缥缈。雁，夜宿湖上，天边的云霞倒映在水中，它们仿佛栖息在云上。雁鸣声声，凄清了有月亮的秋夜。三塔基畔，那大雁呖呖嘹嘹的叫声，和着肃肃秋风充斥耳边，听着似有些让人黯然神伤。不觉得，湖上一夜，西风吹红了湖岸林杪。夜凉似水，低头却见岸边水草上凝结着晶莹的露珠。

这一幕，不由让人想起"平沙落雁"。北宋与苏轼、司马光同时代的画家宋迪，善作平远山水，运思高妙，其得意者有《平沙雁落》《远浦归帆》《山市晴岚》《江天暮雪》《洞庭秋月》《潇湘夜雨》《烟寺晚钟》《渔村落照》，谓之"潇湘八景"。其后，"潇湘八景"这一诗画命题被历代文人墨客所追和，逐渐成为中国传统文化的经典意象。"鸿雁于飞，肃肃其羽。"雁，自古寄附着深厚的人文情怀，人们于它常寓以思念和悲秋之意。宋人张炎（1248—约1320）《解连环·孤雁》："自顾影，欲下寒塘，正沙净草枯，水平天远。写不成书，只寄得、相思一点。"

琴曲《平沙落雁》，有多个流派传谱，可算是近三百年来流传最

清　边寿民《平沙落雁》
美国休斯敦美术馆藏

清代扬州画派名家边寿
民（1684—1752）以善
画芦雁而著称，常作
《平沙落雁》

广的曲子之一。修学浙派古琴,《平沙落雁》是真正入门的曲目。有人说,北《平沙》如大鹏展翅,志在千里;南《平沙》似闲云野鹤,不问世事。浙派的《平沙落雁》在指法上少撞,少吟猱,多逗,曲调运用切分音,重音后移,且乐逗停在后半拍上,使曲调强弱分明,节奏多有变化,可谓动中有静,静中有动,听来古朴、典雅、恬静,且跌宕、简练而见奇趣。

不同流派,对同一曲目有不同的解读。浙派的《平沙落雁》音韵奇拙,曲意深邃。如深甫先生言,秋雁的叫声并不使人觉得悦耳,只有幽赏之人才能听得。如那些闻鸡起舞,听到杜鹃的鸣音即感到时序变化的人,都是世上有心之人。敏感之人最易深情,情深则不寿。深甫先生说自己是"无心"的,所谓"无心"并非无觉念,无心则明,虽静而动,虽动而静,如入冲虚自然之境。此时的他,早已经历了仕途受阻、秋试失利、妻丧父亡的打击,退隐之后,寄情西湖四时之幽赏,这种天地间物我无别的体验,使他不执无为,对世事无成见,超脱出一颗无邪自在的真心,亦属难得。

如今西湖不见三塔基,但湖中三岛之阮公墩被辟成野鸟自然保护区,这块难得的湖上湿地被有意"荒"着,成为水鸟栖息繁衍的绿洲。人们虽不被允许上岛,却可在湖上听到天籁之声从岛上传来,唤醒内心对自然的尊重与敬畏。

胜果寺[1]月岩望月

　　胜果寺左，山有石壁削立，中穿一窦[2]，圆若镜然。中秋月满，与隙相射，自窦中望之，光如合璧。秋时当与诗朋酒友，赓[3]和清赏[4]，更听万壑[5]江声，满空海色，自得一种世外玩月意味。左为故宋御教场[6]，亲军护卫之所，大内[7]要地，今作荒凉僻境矣！何如镜隙，阴晴常满，万古不亏，区区兴废，尽入此石目中，人世搬弄，窃为冷眼[8]偷笑。

1　胜果寺：又名"圣果寺"，位于杭州城南凤凰山笤帚湾内山坞。
2　窦：孔穴。
3　赓：连续，继续。
4　清赏：欣赏，清玩。
5　万壑：形容连绵的高山涧谷。
6　教场：古时操练与检阅军队的场地。
7　大内：皇宫，天子之居所。
8　冷眼：冷静理智的眼光。

胜果寺早已不存。寻胜果寺遗址，可从凤凰山主峰南下，也可由凤凰山东麓笤帚湾梵天寺路上山。一路上，山林幽峭，寒泉涓滴，摩崖碑刻不时映入眼帘，仿佛就在等待有人拨开青苔识旧题。古朴静雅的山路，把游人引入一个久远的时空。

北宋政治家、文学家王安石（1021—1086）曾写过《游杭州圣果寺》："登高见山水，身在水中央。下视楼台处，空多树木苍。浮云连海气，落日动湖光。偶坐吹横笛，残声入富阳。"可以想见胜果寺当年殊胜。

胜果寺原称崇圣寺，又名圣果寺。隋文帝开皇二年（582）始建，唐昭宗乾宁年间（894—898）无著文喜禅师重建。五代吴越王钱镠（852—932）在石壁上镌刻"西方三圣"及十八罗汉。据史料记载，胜果寺寺产方圆二里许，约三百多万平方米，足有五六个南宋皇城的规模。南宋时划作殿司衙，寺迁至包家山。元代又还至旧址。元至正年间（1341—1368），寺院被毁，明洪武时（1368—1398）又重建。1958年，寺院被拆毁，僧侣遣散，仅存遗址。

月岩在胜果寺"三佛石"西南。据史书记载，凤凰山上"月岩望月"以奇趣取胜，是南宋御苑一景，与湖上"平湖秋月""三潭印月"齐名，为杭城三大赏月胜地。元代马臻（1254—？）有诗："高岩挺雄姿，本根插地轴，青天月飞来，炯炯照幽独。"明代郎瑛（1487—1566）《七修类稿》亦有记载："凤凰山有石，如片云拔地，高数丈，亦奇峰也。将巅，有一窍尺余，名曰'月岩'。古今名人游赏题咏亦多焉。惟中秋之月，穿窍而出。十四、十六日，则外此窍矣。余月尤

胜果寺月岩望月 | 149

月岩

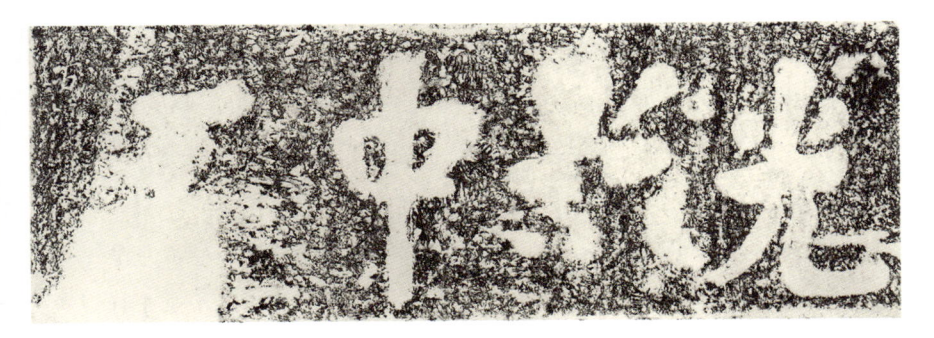

明蔡寅"光影中天"榜书拓片,,该题刻著录于清黄易《武林访碑录》

斜。予尝闻之而未信。嘉靖戊戌，同友特观之，果然。"

深甫先生亦去寻访在胜果寺左侧的月岩。只见石壁峭立，挺拔峻秀。及至岩顶，中间有一个穿透的孔洞，圆得像一面镜子。每当中秋月满，月光投射到圆孔，从孔洞中望出去，月亮与洞孔正好吻合，像两块美玉重合在一起。秋时与诗朋酒友，来此唱和清赏，倾听山壑林风与钱塘江涛的声音。天空海洋般的蔚蓝，自有一种置身世外的意味。近旁，原是南宋训练御林军的教场，曾经皇家重兵护卫的地方，是大内要地，而今却是满目荒凉的僻静之所了。唯这明镜般的圆孔，无论阴晴变幻，总是保持圆圆的一轮，经万古而无有亏损。世上这些微不足道的兴废变幻，都被收入这石眼之中。感叹人世间的是是非非，只被这冷静智慧之眼旁观，暗自偷笑。

今，月岩依旧兀立。曾荒草掩膝的胜果寺旧址，被整饬成景。即使夜晚，也有幽人在此漫游。尤是中秋月夜，清朗的月光穿月岩圆洞而过，在岩顶幻化成又一轮明月，与天上的明月相对成双。穿过岩壁的月光，又映照到岩下池水之中，这时天上、岩上、水中各现一轮明月，景色奇佳。月岩周围的岩壁上还留有多处摩崖题刻。虽多漫漶，恍惚可辨，有明蔡寅（生卒年不详）榜书的"光影中天"、明中叶洪珠所书"高大光明"，以及王阳明诗刻等。

某个秋日午后，凤凰山吊古，携友至岩下。箫声呜咽。感岁月沧桑，白驹过隙。一抬头，望见咸淳进士陈天瑞（生卒年不详）刻于月岩上的那诗句："一轮常满阴晴见，万古无亏昼夜同。"刚才的戚戚心，亦恐被石眼偷笑。

水乐洞[1]雨后听泉

洞在烟霞岭[2]下。岩石虚豁，谽谺[3]邃窈[4]，山泉别流，从洞隙滴滴，声韵[5]金石。且泉味清甘，更得雨后泉多，音之清泠，真胜乐奏矣。每到，以泉沁[6]吾脾，石漱吾齿，因思苏长公[7]云："但向空山石壁下，受此有声无用之清流。"又云："不须写入薰风弦，纵有此声无此耳。"我辈岂无耳哉！更当不以耳听以心听。

1　水乐洞：位于西湖南高峰下烟霞岭上，与石屋洞、烟霞洞并称"烟霞三洞"。
2　烟霞岭：位于西湖南高峰下，翁家山东北不远处。
3　谽（hān）谺（xiā）：山谷深邃，山石险峻的样子。
4　邃窈：深远，幽静。
5　声韵：音短促而受阻为声，音长而不受阻为韵。
6　沁：渗入。
7　苏长公：即苏轼，因其为长子，排行老大，人称"苏长公"。

水乐洞在烟霞岭下。洞外的满觉陇是赏桂胜地，于秋日去水乐洞又多了一分佳趣。这个北宋时已有名的喀斯特岩洞，洞深有60多米。岩石虚豁，幽深邃窈。山泉从石缝中涌出，声音有如金石，铿锵悦耳。尤是雨后，水量更大，滴水之声愈加清泠，胜过奏乐。洞口石壁多前人题刻，隐约可见"高山流水""天然琴声""无弦琴""余知水之乐""空谷传声""清乐梵音"等。在"空中石鼓"题刻处以手指轻击，"叮咚"作响，颇有情趣。洞内到处可听见水声，但见不到水，直至洞口才见清泉如注，清凉甘冽。

宋朝诗人王镃（生卒年不详）有《水乐洞》诗云：

一派宫商石壁中，此腔不与世人同。

分明水府真韶乐，几换兴亡曲未终。

关于水乐洞景观，还真有些兴亡之事可说道。

后晋开运三年（946）吴越王时，于洞旁建寺，名西关净化院。北宋熙宁二年（1069），当时的杭州郡守、著名诗人郑獬（1022—1072）为洞命名为"水乐"。此后，前来寻幽探胜的文人雅士络绎不绝。南宋嘉泰年间（1201—1204），水乐洞被郡王杨存中（1102—1166）辟为私家别墅。杨死后，洞年久失修，逐渐荒芜，曼妙的"水乐"竟成为绝响。

南宋末年，权相贾似道（1213—1275）花重金将水乐洞一带买下，并亲自探究水乐缘何绝响，他在洞旁俯身细听，查明原因，说："谷虚而后能应，水激而后有声。今水潴其中，土壅其外，欲其振响，得

水乐洞雨后听泉 | 153

明　宋懋晋《西湖胜迹图·水乐洞》　天津博物馆藏

乎？"于是，贾似道命人疏通堵塞之处，消失多年的"水乐"景观得以恢复。他又在洞外大兴土木，修筑了规模宏大的"水乐园亭"。苏东坡曾有《东阳水乐亭（为东阳令王都官概作）》诗。贾似道慕其句意，以"声在""爱此""留照""独喜"等诗中词为近十座亭榭命名，同时开渠凿池，将洞内之水引出，迂回于诸亭之间，利用自然落差，形成飞瀑。景物之胜，比往昔有过之而无不及。

旧时，洞旁尚有点石庵、归云庵、石佛接待院等建筑。关于石佛接待院的来历，有个奇幻的传说。相传北宋时，此地有古佛出现，幻化为僧人，戴着草笠，挑着包袱，隐形于附近的岩石中。当时有人就在石上按其容貌绘刻形象，并建了寺庙。而点石庵中，则有一巨缸，嵌于石中，日久天长，竟与石并为一体，被称为"万年缸"，历冬不冰，亦是一奇。

深甫先生每回到水乐洞，都要喝几口沁人心脾的泉水，并用泉水洗漱口齿。苏轼诗中云："但向空山石壁下，受此有声无用之清流。"又说："不须写入熏风弦，纵有此声无此耳。"深甫先生由此慨叹道：我们这些人哪里是没有耳朵啊！想来这样的声音，不能只用耳朵去听，更应该用心去感受的。

"流水不随人事去，尚余丝竹旧宫商。"当年的水乐园亭和诸多寺院建筑，早已随着岁月的流转而沉寂在历史里。水乐洞的泠泠泉韵却依然清晰在耳。洞外，后修的山门上有联："悬崖滴水鸣金磬，激涧流泉走玉沙"，吸引游客慕名访听。

雨后，伫立洞前。水声似乐，往事如烟。

资严山[1]下看石笋

资严在灵隐[2]西壁。山下有石，状若笋形，圆削卓立，高可百尺，巑岏[3]秀润[4]，凌空[5]插云。更喜四顾山峦，若层花吐萼，皱縠[6]迭浪，巍峨曲折，穿幽透深。林木合抱，皆自岩窦拔起，不土而生。旧传此山韫[7]玉，故腴润若此。但山石间水迹波纹，不知何为有之，亦不知有自何时，岂沧海桑田[8]说也？更爱前后石壁，唐宋游人题名甚多。进此有枫林坞，秋色变幻，种种奇观，窈窕崎岖，不胜腾涉矣。时当把酒鲸吞[9]，倚云长啸，使山谷骇应[10]，增我济胜[11]之力数倍。

---

1 资严山：在西湖北高峰下，灵隐寺西。
2 灵隐：灵隐山在西湖西北，山上有中国佛教禅宗十刹之一"灵隐寺"。
3 巑（cuán）岏（wán）：峻峭之山峰。
4 秀润：秀丽滋润。
5 凌空：指山石耸立于空中。
6 縠（hú）：有皱纹的纱。
7 韫：藏也。
8 沧海桑田：比喻人世间事物变化极大，快速。
9 鲸吞：此指大口饮酒。
10 骇应：指山谷震动回响。
11 济胜：穷幽探胜，攀登胜境。

资严山在灵隐寺西侧。山下有石林，座座形状似笋，像被削尖了伫立在那里，高的可达百尺。石峰秀丽润泽，遥指天空，直插云霄。更让人欣喜的是，环顾四面山峦，一层层像含苞欲放的花蕾，又如水面层叠的波浪，巍峨曲折，一直延伸至幽远深邃处。山中树木都有一人合抱那么粗壮，均如岩石洞穴中长出，冲天而起，仿佛不需要土壤就能生长。旧时传说这资严山中蕴藏着美玉，石韫玉而山辉，所以山显得特别丰腴润泽。但山石间水波一样的纹路，不知道是怎么来的，也不知从何时开始有的，沧海桑田，谁能说得清呢？深甫先生更喜欢山前山后的石壁，自唐宋以来，留下众多游人题刻。再向里面走，便是枫林坞。秋天，山林色彩变幻，显现种种奇观。游者感受到林间幽深曲折，山道起伏不平的意趣，真是不辜负进到此山深处来观游的心啊！此时，真应当大口喝酒，开怀畅饮。站在高处长啸，山谷回声四应，使人登山涉水畅游的豪情与信心倍增。

　　如今说起资严山，恐怕少有人知。但提起背靠资严山而建的永福寺，便有不少游人来过这里。资严山即永福寺后山的古名。资严山石笋峰下建寺，可追溯到东晋慧理禅师开山，至今已有一千六百多年的历史。继慧理开山后，慧琳禅师筑庵于石笋峰下。后晋天福二年（937），吴越王钱元瓘于石笋峰下建普圆院，亦称"资严寺"。北宋大中祥符元年（1008），敕改额为"永福寺"。北宋时期，永福寺内方丈四壁多有赵阅道（1008—1084）、苏东坡、秦少游（1049—1100）等人的留题与竹画。后世寺院多有毁建。清康熙十年（1671），东皋心越禅师（1639—1694）移住永福寺，五年后，他应邀东渡日本，弘传

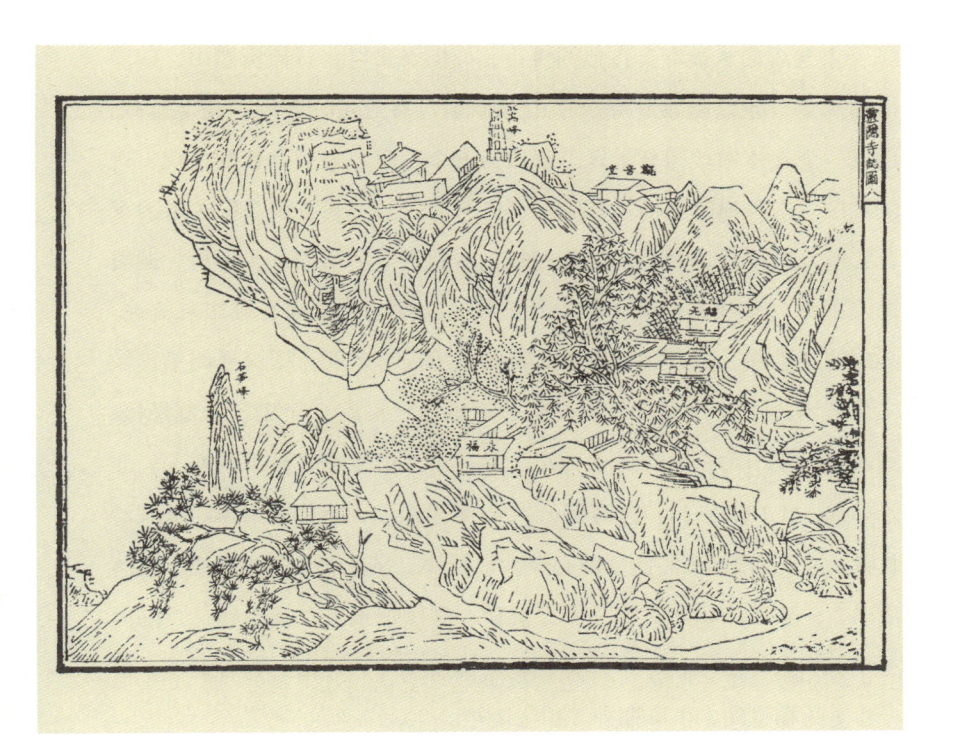

清 《灵隐寺志图·之八》

曹洞宗并创寿昌派禅法，同时传授琴学与书画篆刻艺术，在日本佛教及艺术界均享有盛誉。永福寺随后渐废。清乾隆四十四年（1779），依原有规模重建，后又渐废。直至2001年，由杭州市佛教协会恢复重建，2005年建成开放。

重建后的永福寺，占地约百亩，面向飞来峰，背倚资严山，四周山林深郁，景致幽雅。寺院依山势而建，有七进、五殿，高下有致，形成一个立体佛教园林景区。五殿为五个院落，分别是普圆净院、迦陵讲院、古香禅院、福泉茶院、资严慧院。其中，普圆净院主殿为观音宝殿，左首建筑为客堂，是寺院日常及佛事活动的主要场所。迦陵讲院主殿为梵籁堂，兼作法堂及佛教音乐厅，为永福寺佛法宣流地。其内的文景阁，多开展佛教书法绘画艺术展；艺明斋则流通阅览佛教文化艺术图书及作品。古香禅院林泉幽静，该院正面建筑为藏经楼，侧面"阔堂"为东皋心越祖师纪念堂。游人最爱在福泉茶院喝茶。北宋郭祥正（1035—1113）有诗云："幽泉出白沙，流傍野僧家。欲试清甘味，须烹石鼎茶。"此地旧有金沙、银沙二泉。如今茶园环绕，院落清净，一盏茶中山水尽得。资严慧院，踵续旧山名，光明畅达，院内主建筑为大雄宝殿，奉本师释迦牟尼佛及迦叶、阿难二尊者铜像。前方建筑为福星阁，供奉福神等护法诸神。

北高峰[1]顶观海云

北高峰为湖山第一高处。绝顶[2]环眺,目及数里。左顾澄湖,匣开妆镜,金饼[3]晶荧;右俯江波,绳引银河[4],玉虬[5]屈曲。前后城郭室庐,郊原村落,眇[6]若片纸画图,鳞次黑白点点耳,雄哉,目中之观哉!时间日晷[7]将西,海云东起,恍见霄[8]雾溟蒙[9],朝烟[10]霏[11]拂,泄泄萦纡[12],英英[13]层叠,横截半空,浤合无际,四野晚山,浮浮冥漠[14]矣。即此去地千尺,离俗数里,便觉足蹑[15]天风,着眼处,不知家隔何地。矧[16]吾生过客,原无罣碍[17],何为受彼世缘束缚,不作尘外[18]遐想[19]?

---

1 北高峰:在西湖灵隐寺后,与南高峰相对峙。石磴数千级,曲折三十六弯通山顶。
2 绝顶:山之最高峰。
3 金饼:指太阳。
4 银河:指钱塘江像银河。
5 玉虬:有角的玉龙。
6 眇:渺小,微小。
7 日晷:太阳的影子。
8 霄:高空稀薄流动的云。

清　钱维城、嵇璜《御制西湖十景诗意图·双峰插云》　故宫博物院藏

9　蒙：朦胧的样子。
10　朝烟：清晨的雾气。
11　霏：云气飞扬。
12　萦纡：意为飞扬环绕。
13　英英：轻盈明亮的样子。
14　冥漠：昏暗不能见。
15　蹑：踩，踏也。
16　矧：况，况且。
17　罣碍：牵挂，惦念。
18　尘外：犹言世外。
19　遐想：指悠远的、无拘无束的联想。

西湖三面云山。北高峰的海拔为313.7米，与之相连，在其西侧的美人峰要高出50米，邻近的天竺山海拔则有412米。实际上，杭州市区比北高峰高的山峰不下十座。为何北高峰经常被人们误认为湖上最高峰呢？也许是北高峰风景奇佳，又是当年有游道可登巅的最高峰，登高览胜让人有种无限风光在险峰、一览众山小的征服之乐吧。

深甫先生也以为北高峰是湖上第一高处。在没有缆车的年代，人们经常从灵隐寺西侧的巢枸坞经韬光寺东攀登北高峰。这一路的石磴多达数千级，盘折回绕，人称有三十六道弯。一路上，溪水欢唱，迂回婉转；松竹夹道，古木婆娑。早在唐以前，这里便植被茂密，树老林深，人烟稀少，常有虎豹虫豸出没其间。因而汉时杭州的灵隐诸山有"虎林山"之称，后因避唐高祖之祖父李虎名讳，才更名为"武林山"。明代时，北高峰周围"长松入云，巨柏合抱""苍藤老树，山花藐藐"，因"古迹之多，名胜之雅，林木之秀，花鸟之蕃"而著称。一路行来，游人眼中，翠竹、奇松、怪石交替变换，更有山间雾岚时时缭绕，让人觉得仿佛在云间。明代姚肇有诗赞曰："高峰千仞玉嶙峋，石磴跻攀翠霭分。一路松声长带雨，半空岚气总成云。"天气晴好的时候，透过树杪，可眺望远山，也可俯瞰山下天竺灵隐古刹。

登上峰顶，原有一座砖塔，名高峰塔，初建于唐玄宗天宝年间（742—756），其与南高峰塔遥相对峙，薄雾轻岚，时隐时现，此即"西湖十景"之"双峰插云"的来由。清代塔毁，不存。宋时，北高峰塔原属灵隐寺佛门范围。苏轼有《游灵隐高峰塔》诗，现在读来，像读一则故事：

言游高峰塔，蓐食治野装。火云秋未衰，及此初旦凉。雾霏岩谷暗，日出草木香。嘉我同来人，久便云水乡。相劝小举足，前路高且长。古松攀龙蛇，怪石坐牛羊。渐闻钟磬音，飞鸟皆下翔。入门空有无，云海浩茫茫。惟见聋道人，老病时绝粮。问年笑不答，但指穴藜床。心知不复来，欲归更彷徨。赠别留匹布，今岁天早霜。

又见这位心系苍生的父母官、文士心中的高峰。

宋时在峰顶建灵顺庙（俗称"华光庙"）和望海阁。四顾环眺，能见及数里。左边是澄碧的西湖，像一个打开的梳妆台，阳光下又似一枚金饼，闪着晶莹的光芒；右面可俯瞰钱塘江，仿佛一条弯曲如巨绳般的银河，亦似玉龙盘曲前行。山前山后是城市的房屋居舍，郊外是原野村落，渺小得有如纸上的图画，那像鱼鳞般层层排列的黑瓦白墙，因远观而小如点点。眼前的景观真是气势恢宏啊！时间在流逝，太阳也将西沉，海上的云从东方升起，恍惚间看到天空中云雾迷蒙，烟云飞扬而过，时而又缓缓地回旋曲折。光影轻盈明亮，层层叠叠，横截了半空，烟云交融，无边无际，四面原野晚山，浮动着隐约而玄妙的朦胧。峰顶离开平地千尺之高，离开俗尘数里之远，便觉得有如脚踩天风，飘飘然，不知家在何处。况且，我们的生命短暂，就像这世间的过客，本来都应是了无牵挂的，为什么要忍受尘世间的种种束缚，不多一点红尘世外无拘无束、悠远的想象呢？

北高峰顶现建有"天下第一财神庙"灵顺寺，香火极盛。如今，

清 《上天竺讲寺志·天竺山图》

登临北高峰也可乘索道缆车而上。索道南起灵隐白乐桥,北止北高峰巅,全长880米,高差252米。游人在空中可观赏茶园山色、秀丽风光。天竺、莫干、西湖、钱塘,繁华市景与隐幽梵寺,皆历历在目,既免登山之乏,又平添空中览胜之趣。所谓"江湖俯看杯中泻,钟磬声从地底闻",不由得让人心旷神怡,浮想联翩。

策杖林园访菊

　　菊为花之隐者,惟隐君子、山人家能蓺[1]之,故不多见,见亦难于丰美。秋来扶杖,遍访城市林园,山村篱落[2],更挈[3]茗奴[4]从事,投谒[5]花主,相与对花谈胜。或评花品,或较栽培,或赋诗相酬,介酒相劝,擎杯坐月,烧灯醉花,宾主称欢,不忍遽别[6]。花去朝来,不厌频过[7],此兴何乐?时乎东篱之下,菊可采也,千古南山,悠然见之,何高风[8]隐德[9],举世不见元亮?

1　蓺(yì):种植。
2　篱落:即篱笆。此处指山里的农家。
3　挈:带,领。
4　茗奴:事茶的文童。
5　投谒:投递名片求见。
6　遽(jù)别:匆忙离别。
7　频过:频繁拜访。
8　高风:高尚的风格。
9　隐德:施德于人而不为人所知,谓之"隐德"。

菊花原产于中国。据记载,其栽培的历史已有三千多年。周代《礼记·月令篇》有:"季秋之月,菊有黄华。"那时的菊花基本为野生品种,当作应时之令为人们所认识。

晋代陶渊明(352?—427)独爱菊,有"采菊东篱下,悠然见南山"句。菊花高洁的品质,如同花中隐士。

唐代菊花栽培普遍起来,重阳登高时赏菊品茗、饮菊花酒已成风俗。菊花清雅脱俗、傲霜风骨、蕊寒香冷的品性大量流传于咏赋诗词之中,足可见文人雅士对菊花的品赏与青睐。诗僧皎然(730—799)《寻陆鸿渐不遇》诗云:

移家虽带郭,野径入桑麻。
近种篱边菊,秋来未著花。

陆鸿渐即茶圣陆羽(733—804),当时,他隐居在今浙江湖州、余杭一带著写《茶经》,他住的院落中栽种了菊花。二人是至交,经常在一起吟诗煮茶。皎然又有《九日与陆处士羽饮茶》诗:

九日山僧院,东篱菊也黄。
俗人多泛酒,谁解助茶香。

足见,品赏菊花已是当时文人雅士品茗赋诗的助兴之乐。白居易亦有诗云:

明　沈周《盆菊幽赏图卷》（局部）　辽宁省博物馆藏

五旬已过不为夭，七十为期盖是常。
须知菊酒登高会，从此多无二十场。

　　菊花还于唐时传到日本，得到日本人民的赞赏，并开始艺菊。
　　宋朝时菊花栽培更盛，艺菊品种也大量增加。成书于北宋崇宁三年（1104）刘蒙（生卒年不详）的《菊谱》是最早记载观赏菊花的专著，共记有菊花名品三十五种。其中，"合蝉""红二色"为管瓣菊花品种的最早记载。后又附其闻所未见者四种、野生者两种。南宋淳熙十三年（1186），范成大（1126—1193）所著《菊谱》亦载有菊花名品三十五种，较之刘蒙《菊谱》更有了栽培技术方面的记述。其自序称："顷见东阳人家菊圃多至七十种"，"明年将益访求他品为后谱云"。

宋代是菊花作为园林观赏培植的重要时期，人工培育菊花技术达到了较高的水平，出现了"绿芙蓉""墨菊"等观赏新品，并在菊花的整形摘心、养护管理和利用种子繁殖培育新品等方面有了进一步的经验。

南宋都城临安的花事颇为壮观。据清沈赋所撰《名花谱》记载，南宋时，"临安园子，每至重九，各出奇花比胜，谓之开菊会"。《杭州府志》中亦载："临安有花市，菊花时制为花塔。"一种民间赏菊的大型活动"菊花会"甚至从南宋流传至今。

明朝，栽菊技术又进一步提高。文人艺菊称为雅事，出版了众多《菊谱》。深甫先生自然也不例外，在其养生奇著《遵生八笺·燕闲清赏笺》中有《菊花谱》，涉分苗、和土、浇灌、摘苗、删蕊、捕虫、扶植、雨旸、接菊法之要诀，以及菊之名品等。他是一位真正的生活美学家、实践家。他以为，像菊花这样的花中隐者，只有隐士、性情高洁的山人才懂得栽种欣赏。所以菊花并不多见，即使看到，也很少有品种丰富、开得美丽的。秋天，他策杖遍访城市林园，觅寻于偏僻山村的农家，只为找到好的菊花品种。他还带着会事茶的文童，投递名帖求见花主，一起品赏菊花，谈论花事典故。有时是评论菊花的品种，有时研究栽培的技术，有时赋诗吟咏，相互酬酢。举杯劝酒，月下把盏，秉烛赏花，醉卧花下。宾主欢聚，不忍匆匆别离。暮去朝来，

清　张风《渊明嗅菊图》　故宫博物院藏

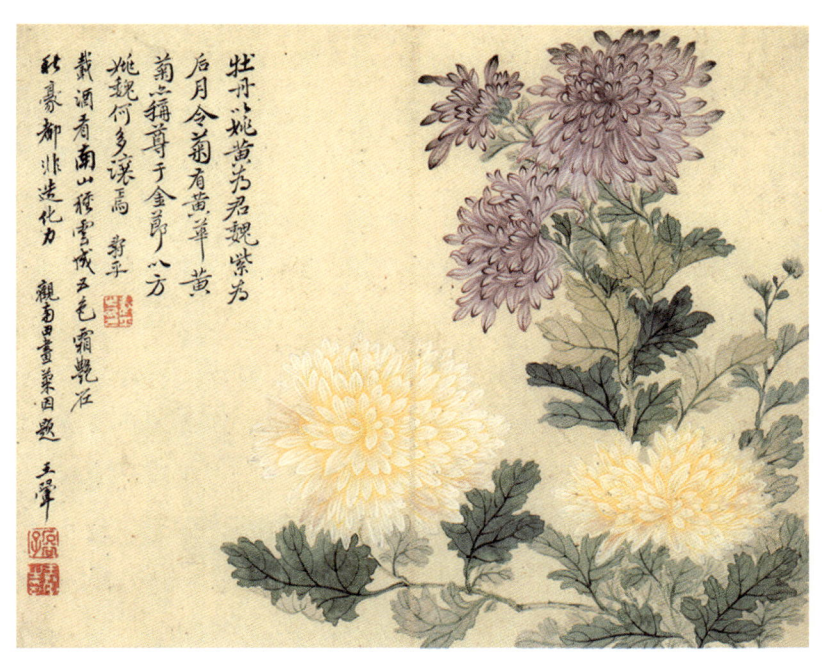

清　恽寿平《瓯香馆写生册·菊花》　天津博物馆藏

不厌寻访频繁。这样的兴致多有乐趣啊。东篱之下，菊花盛开，陶渊明笔下的千古南山，悠然可见。崇尚风范隐德，怎么能说世上再无陶渊明呢？

近年，杭州园林部门也曾在西湖景区如钱王祠、植物园、郭庄等地举办大型的菊花艺术节。一时，全国各地名贵菊花品种齐聚西湖，游人大饱眼福。只是，繁花堆砌，花前游人如织，竟少了偶在山野林静处觅得半篱野菊幽赏的雅意真趣。

乘舟风雨听芦

秋来风雨怜人，独芦中声最凄黯[1]。余自河桥望芦，过处一碧无际，归枕故丘，每怀拍拍。武林[2]唯独山王江泾百脚村多芦，时乎风雨连朝，能独乘舟卧听，秋声远近，瑟瑟[3]离离[4]，芦苇萧森，苍苍[5]蔌蔌[6]，或雁落哑哑[7]，或鹭飞濯濯[8]，风逢逢[9]而雨沥沥[10]，耳洒洒[11]而心于于[12]，寄兴幽深，放怀闲逸，舟中之人，谓非第一出尘阿罗汉[13]耶？避嚣炎而甘寥寂者，当如是降伏其心。

---

1 凄黯：凄凉暗淡。
2 武林：旧时杭州的别称，因武林山而得名。
3 瑟瑟：形容秋风声。
4 离离：秋声，使人感到忧伤。
5 苍苍：指芦苇茂盛的样子。
6 蔌蔌：形容风声劲疾，芦苇摇动的样子。
7 哑哑：形容雁叫的声音。
8 濯濯：象声词，鹭鸟飞动发出声响。
9 逢逢：象声词，形容声似鼓声。
10 沥沥：雨声。
11 洒洒：形容耳畔声音连绵不断。
12 于于：自得之貌。
13 阿罗汉：即佛教中的罗汉，意为得道之人。

蒹葭苍苍

秋天的风雨总让人觉得哀怜,风雨中,芦苇吟唱着,凄清黯然。深甫先生从河桥上眺望芦荡,过眼处一片广阔无际。回到故居,每当怀想起见到的画面,便会内心激荡不已。在杭州,先生所到之处,唯有独山王江泾百脚村芦苇最盛。秋时,遇到风雨连绵的日子,独自乘小舟划至芦苇荡深处,躺在船舱里,倾听窗外自然界的声响,各种声音或远或近，不时传来。微风吹过茂密的芦苇丛，一派凄凉动人的萧瑟之声；风声劲急，大片芦苇随风摇曳，飒飒作响，声音沧桑而悠远。有时听到雁群栖息在芦苇丛中，发出哑哑叫唤的声音；有时鹭鸟飞来，发出濯濯的声音；风像逢逢的鼓声，雨发出沥沥声。耳畔秋声连绵不绝，而心里却是怡然自得的。像深甫先生这样，情趣寄寓于深远幽密，纵情恬静且安逸的舟中人，谁说不是脱离红尘俗世的第一罗汉呢？能躲避热闹喧嚣而甘于寂寥的人，应当这样来降伏自己的心。

　　深甫先生所记述的武林独山王江泾百脚村现不知为何处。若说杭州观芦苇的胜地，不可错过西溪湿地的蒹葭里。

　　西溪蒹葭里，又名南潼湖、河渚、涡水，俗称河水里，位于蒋村乡深潭口西南。一听到"蒹葭里"这个地名，不由得让人吟起《诗经·秦风》中的《蒹葭》："蒹葭苍苍，白露为霜。所谓伊人，在水一方。"蒹葭即芦苇。想来，"蒹葭里"这个地名一定有些文雅的来历，但不知起于何时，哪朝哪代，何人之口。古时蒹葭里芦荡深处住着许多人家，是一定的了。这里的百亩芦荡有秋雪之喻，更因这些芦苇在西溪的湿地上遍处生长，颇有野趣，历代文人雅士便赋予它荒野自然的喻像和高洁人格的表征。明末清初人吴本泰（生卒年不详）所编撰的《西溪梵隐志》卷四收录了朱梦彪（生卒年不详）《秋雪庵观芦花》。文中，描述了蒹葭里特有的风景："四面皆芦洲。秋深蒹葭吐絮，月夜登阁，望之白云飘渺。清风徐来，晶光摇曳，弥漫千顷，皎灿炫目，觉此身修然霞举，如在冰壶琼岛间，不复见大地人世……"可见，蒹葭里的芦花胜秋雪，而且观赏芦花最佳的方式是月夜泛舟。

旧时，蒹葭里有"秋雪""茭芦""曲水""烟水"等庵寺，来往香客不断，文人墨客也钟情于此。秋雪庵位于蒋村街道的蒹葭深处，西溪国家湿地公园的中心。古庵始建于宋淳熙初年，因为在孤岛之上，其东南一望无际的芦苇荡在秋月下，呈现出一片白茫茫的意境，令人名利俱冷。明代大书画家陈继儒便取唐人诗句"秋雪蒙钓船"的意境，为此处题名"秋雪庵"。

近代南浔著名儒商、大实业家、"八牛"之一，号梦坡居士者周庆云（1866—1934）曾重建秋雪庵，并有《重建秋雪庵碑记》，其中有云秋雪庵的芦苇："深秋，棹小舟，缘溪行，一白皑皑，低压篷背，则词家之胜境，又非画手所能到矣。"恽毓珂（生卒年不详）在其《瑞鹤仙》词序中称："西溪秋雪庵，芦花弥望，风景清绝。梦坡扩而新之，为越中词人祠堂，祀张志和以下木主。约明春落成观礼。余不愿至西湖十载矣，顾斯地幽僻，词复夙好，心向往之。按拍循声，以为后游左券。"可见西溪芦花在文士心中的圣洁地位。

芦苇，可如深甫先生风雨乘舟夜听，亦可身临西溪湿地，秋来看老荻飞秋雪。每当怀念，便会在脑海中出现张岱（1597—1680）《西湖梦寻》里的一幅画面：其地有秋雪庵，一片芦花，明月映之，白如积雪，大是奇景。

保叔塔[1]顶观海日

保叔塔，游人罕登其巅。能穷七级，四望神爽。初秋时，夜宿僧房，至五鼓起，登绝顶东望，海日将起，紫雾氤氲[2]，金霞漂荡，亘天[3]光彩，状若长横匹练[4]，圆走车轮。或肖虎豹超骧[5]，鸾鹤[6]飞舞，五色鲜艳，过目改观，瞬息幻化，变迁万状。顷焉[7]，阳谷[8]吐炎，千山影赤，金轮[9]浴海，闪烁荧煌，火镜[10]浮空，曈昽[11]辉映，丹焰炯炯弥天，流光赫赫[12]动地。斯时，惟启明[13]在东，晶丸粲烂，众星隐隐，不敢为颜矣。长望移时，令我目乱神骇。陡然狂呼，声振天表[14]。忽听筹[15]报鸣鸡，树喧宿鸟，大地云开，露华影白。回顾城市嚣尘，万籁[16]滚滚生动。空中新凉[17]逼人，凛[18]乎不可留也。下塔闭息敛神，迷目尚为云霞眩彩。

---

1 保叔塔：即保俶塔。
2 氤氲：形容烟或云气浓郁。
3 亘天：横贯天空。
4 匹练：白绢。
5 骧：腾跃，昂首奔驰。
6 鸾鹤：鸾与鹤，相传为仙人所乘。
7 顷焉：不久。

紫雾氤氲，金霞漂荡

8　阳谷：即旸谷。古代神话传说中日出日浴的地方。
9　金轮：喻太阳。
10　火镜：指太阳。
11　曈昽：形容太阳初升由暗而明。
12　赫赫：光明炫耀貌。
13　启明：即启明星，又称多金星，天亮前后，东方地平线上有时会看到的一颗特别亮的晨星。
14　天表：犹天外。
15　筹：计数和计算的用具。古人以之计时。
16　万籁：自然界万物发出的响声。
17　新凉：初秋凉爽的天气。
18　凛：寒凉。

对于深甫先生来说，西湖四季境趣各异，无时不能欣赏到美景。一个懂得幽赏和善于发现真趣的灵魂是可爱的。

就宝石山一处，春日登保俶塔看晓山，欣赏到酣梦中的人们无法看见的美景；在初阳台望春树，又勾起他胸中生意，驰江云春树之想；秋天，在宝石山下看塔灯，欲念色尘一时幻破，享受到清净无碍的自在。

这一次，是一个初秋的晨曦。为登保俶塔顶观海上日出，他前一晚就夜宿僧房，五更便起身登塔。保俶塔原有九层，宋代改为七级，书法家张即之（1186—1263）还曾在塔门上书写有"湖山胜概"四个大字。不知深甫先生彼时可曾见过真迹。明万历七年（1579），塔重修，为七层楼阁式空心砖塔，游人可以登临。但很少有人登上最高一层，或是塔高路狭，不容身探。深甫先生也许是得到了僧人的指点，加之探幽心切，不畏艰难，终于登上了七级浮屠的最高层，放眼四处环望，精神瞬间为之一爽。向东方望去，太阳即将从海上升起，紫色的云雾在隐约的红日周围弥漫着，金色的霞光飘荡在空中，流光溢彩横贯天空，像一匹巨长无比的彩绢，环绕成滚动的车轮。云霞变幻，有的像老虎、猎豹腾跃而前，有的又似莺鸟、仙鹤飞翔起舞，五彩鲜艳。一眨眼就改变了状态，一瞬间即幻化了身形，千变万化，形态各异。不一会儿，阳光从山谷中射出光芒，千山被映红。太阳沐浴着海水，耀眼辉煌，像一面火红的镜子浮现在空中。太阳初升，天空由暗而明，如红色火焰般的光明，整个天空都流动着光彩，一场浩瀚盛大的光明撼动了大地。此时，只有启明星在东方的天空，像一颗晶莹的

清 《西湖风景图册·葛岭朝暾》 故宫博物院藏

小球发出璀璨的光芒。众星仿佛都隐藏起来了，不敢出来与之争颜。一直长时间望着天空，令深甫先生感到目光都凌乱了，有些意乱神迷。突然间仰天狂呼一声，那声音响彻天外。忽而听到拂晓的更鼓之声，栖息在树上的宿鸟开始喧哗，大地云开雾散，草上的白露渐渐晞发。回望城市，喧闹的凡尘，万物发出声响，滚滚红尘一派生动气象。初秋的清晨，站在半空中的塔顶，感到凉气逼人，周身寒意，不可再伫留。下得塔来，闭目净虑，收敛神思，眼中仍是一片日出时云霞光彩炫目的景象。

1933年，保俶塔重修，改为实心。从此，再无人能领略到深甫先生所描述的登临塔顶一览壮观的海日奇景。不过位于宝石山葛岭上，相传葛洪在此炼丹吐纳天地之精气的初阳台，一直是人们欣赏日出的好地方。尤其是每年农历十月初一，清晨，日出之时，湖际微露，随即霞光四射，日初升而月未落，日月同辉，引来无数游人争相目睹，故有"东海朝暾"的美誉。人们也称之为"葛岭朝暾"。

清晨，到宝石山，寻着太阳的脚步，看着一座美丽的城市从睡梦中苏醒，这份美感，无与伦比。身边的这座七级浮屠，一直伫立在那里，宁静，俊美。

只等你。

六和塔[1]夜玩风潮

浙江潮汛，人多从八月昼观，鲜有知夜观者。余昔焚修[2]寺中，燃点塔灯，夜午，月色横空，江波静寂，悠悠逝水，吞吐蟾光[3]，自是一段奇景。顷焉，风色陡寒，海门[4]潮起，月影银涛，光摇喷雪，云移玉岸，浪卷轰雷，白练风扬，奔飞曲折，势若山岳声腾，使人毛骨欲竖。古云："十万军声半夜潮"，信哉！过眼惊心。因忆当年浪游[5]，身共水天漂泊，随潮逐浪，不知几作泛泛[6]中人。此际沉吟[7]，始觉利名误我不浅。遥见浪中数点浮沤[8]，是皆南北去来舟楫。悲夫！二字[9]搬弄人间千古，曾无英雄打破，尽为名利之梦，沉酣[10]风波，自不容人唤醒。

1　六和塔：在西湖之南，钱塘江畔月轮山上，是中国现存最完好的砖木结构古塔之一。
2　焚修：焚香修行。
3　蟾光：即月光。古人常用蟾蜍来代表月亮。
4　海门：旧传钱塘江潮水是由于钱江海门岸势逼涌而为潮。
5　浪游：漫游，漂泊。
6　泛泛：肤浅，寻常。
7　沉吟：沉思，深思。
8　浮沤：水面上的泡沫。
9　二字：此处指"名利"二字。
10　沉酣：醉心其事。

钱塘江古称"浙江",又有"折江""之江""罗刹江"之称,是浙江省最大的河流,宋代两浙路由此命名,也是明初设浙江省时,省名的由来。一般浙江的富阳段称为富春江,下游的杭州段,才被称为钱塘江。钱塘江东流入海。钱江潮水天下闻名。由于天体引力和地球自转的离心作用,加上杭州湾喇叭口的特殊地形造成大涌潮,形成世界一大自然奇观,被誉为"天下第一潮"。

观赏钱塘秋潮的历史可追溯到汉魏六朝时期。到唐宋时,观潮之风更盛。每年农历的八月十八,潮峰最大,被定为潮神生日。南宋时,定在这一日于钱塘江上校阅水师,相沿成习,后来逐渐成为民间的观潮节。农历八月十八前后几日,都是人们争相观潮的日子,路上人车亦如潮涌。北宋词人潘阆(?—1009)《酒泉子·长忆观潮》写道:"长忆观潮,满郭人争江上望。来疑沧海尽成空,万面鼓声中。弄潮儿向涛头立,手把红旗旗不湿。别来几向梦中看,梦觉尚心寒。"便是当年人们观潮的真实写照,"弄潮儿"一词也出自于此。

位于钱塘江畔月轮山上的六和塔,自古是观赏钱江潮绝佳之地。塔是北宋开宝三年(970)吴越国王钱俶为镇潮水而建造的,取"天地四方""六合敬"之意,名"六和塔"。原塔高九级,塔顶装有明灯,用作航标。六和塔于北宋宣和年间毁于战火,南宋绍兴二十二年(1152)重建,隆兴元年(1163)建成,改为七级,从外观看,为八角十三层楼阁式塔。明嘉靖十二年(1533),六和塔的木结构外檐被火焚毁,仅存砖构塔身。清光绪二十五年(1899),十三层木结构外檐被重新构筑,光绪三十年(1904),修复工程竣工。此后,于1953

南宋　李嵩《月夜看潮图》　台北故宫博物院藏

年、1971年、1986—1992年，又进行了三次规模较大的维修。塔下原有塔院，初名"寿宁院"，北宋太平兴国（976—984）中改寺名为"开化寺"，民国后逐渐衰败。

钱塘江的潮汛，人们多在农历八月的白天观赏，很少有人体验晚上观赏的。深甫先生曾在开化寺中焚香修行。观潮之夜，点燃塔身的盏盏塔灯。潮来之前，只见午夜月色横空，江波静寂，悠悠江水东逝去。江波倒映着月光，出纳隐现，自然形成一种奇特的景观。不一会

《李卓吾先生批评忠义水浒传》插图 "鲁智深浙江坐化"
（明万历年间武林容与堂刊本）

儿，江风骤然变冷，海门潮水涌起，月光下银涛滚滚，光影摇动有如喷雪。潮头由远而近，像白云一般沿堤岸移动，浪涛卷起，发出雷声般的轰鸣。转眼间，江潮有如一条白练曲曲折折奔腾而来，那气势如同山岳在发出升腾的巨响，使人毛发竖起，脊骨发冷。唐代诗人李廓（约831年前后在世）《忆钱塘》诗云："一千里色中秋月，十万军声半夜潮。"汹涌的潮水奔涌而来，如十万兵马杀到眼前。

诗里描述的景观，真的有人相信了。故事的主人翁是梁山好汉——花和尚鲁智深。鲁智深随宋江征剿方腊后，一日夜宿钱江六和寺。半夜，忽听得外面似擂鼓震天，便马上拿起武器想冲出去交战。旁人问他作甚？鲁智深答，闻外面击鼓，要前去杀敌。众人大笑，并解释此乃钱塘江大潮将至。鲁智深这才静下来细听，果然是潮信。他突然想起师父的话："听潮而圆，见信而寂。"应此箴言，花和尚鲁智深就这样坐化在钱塘江边。

虽是小说故事，却是明心见性，直指人心。

面对汹涌而来的钱江潮，深甫先生这位久经风霜的人生旅者，亦不由得回忆起当年的浪迹生涯。只身人海漂泊，随波逐浪，不知做了多久沉浮荡漾的漂泊之人。此时沉思，才感悟到"名利"二字误人不浅。遥望波浪中数点泡沫，皆是南来北往的舟楫。悲叹啊！人间千古岁月，"名利"二字折腾人，从未有英雄破除过，尽都在为名利做梦，沉酣于宦海风波，还不允许人家去唤醒他！

看钱江潮，有人壮阔了胸怀，也有人感悟了浮沉人生，大约是心境不同的结果吧。

冰合初晴，

朝阳闪烁，

湖面冰澌琼珠，

点点浮泛

四时幽赏·冬时幽赏

湖冻初晴远泛

西湖之水,非严寒不冰,冰亦不坚。冰合初晴,朝阳闪烁,湖面冰澌琼珠[1],点点浮泛。时操[2]小舟,敲冰浪游。观冰开水路,俨若舟引长蛇,晶荧片片堆叠。家僮善击冰片,举手铿[3]然,声溜百步,恍若星流。或冲激破碎,状飞玉屑,大快寒眼。幽然此兴,恐人所未同。扣舷[4]长歌,把酒豪举,觉我《阳春》满抱,《白雪》[5]知音,忘却冰湖雪岸之为寒也。旧闻戒涉春冰,胸中不抱惧心,又何必以涉冰为戒?

---

1 琼珠:解冻时水面流动的冰块。
2 操:驾驶。
3 铿:形容响亮的声音。
4 扣舷:以手击船。
5 《阳春》《白雪》:古之高雅曲名,和者必寡。

断桥残雪

    江南的冬天湿冷，西湖下雪的日子不多，下了也不容易积厚。西湖十景中的断桥残雪已是难得，去湖心亭看雪更令人神往。若要感受西湖结冰的乐趣，不妨先读读深甫先生这篇幽赏。

    西湖的水，不到极其寒冷的天气不会结冰，即使结了冰，也不坚固。当冬日的朝阳洒向湖面，冰层渐渐消融，解冻时流动的冰块，像玉珠一般，点点漂浮在湖面上。深甫先生会在这个时候，带着家童，划着小船，在湖上破冰漫游。船行之处，冰被冲开，露出水路，俨然

西湖暮雪

一条长蛇随着小舟的行进蜿蜒前行,被撞击而破碎的冰块,片片晶莹,堆叠在水路两边。家僮很擅长敲击冰片,铿然有声,百步之远都能听见,恍若流星划过的声音。有时小船冲击冰层使之破碎,犹如碎玉雪末在飞舞,使冬日看多了萧条景物感到寒冷的眼睛大为爽快。这种自得的兴致,怕是一般人所未有的。兴之所至,不禁敲击船舷唱起歌来,兴奋地举起酒杯,心中生出阵阵暖意,一时似万物回春,和风骀荡,有如《阳春》曲意。如此便更能理解高雅的《白雪》古曲之妙音,竟忘掉了西湖结冰、湖岸堆雪的严寒。也曾听说过春冰危险,薄而易裂的告诫，若心中无有畏惧，哪里用得着以涉冰为戒呢？

深甫先生的雅兴还真不为常人所得。因为西湖结冰的日子的确很少见，近半个世纪，能被列举出来的，寥寥，仅1977年1月发生过一次。要使西湖大面积结冰得符合几个条件。第一个便是气温，须多日的低温极寒天气。1977年1月便是史上有记载的西湖奇寒天气，日最低气温在零摄氏度以下，保持了十天左右。第二是水量。西湖的水容量大小也决定了极寒天气是否大面积结冰，一般在西湖较淤塞的冬天结冰的可能性大些。1977年那次西湖结冰，正是在疏浚之前。如今的西湖平均水深2米多，水体水量越大，越不容易大面积结冰。第三是水的流速。现在西湖自钱塘江引水，能够一月换一次水，湖水的流速与1977年时相比，已不可同日而语。

不少人留下了当年西湖结冰时的珍贵照片。从照片上看，那一年西湖几乎全湖结冰，人们可以从柳浪闻莺公园一直走到三潭印月。有人还骑着自行车，有人则推着三轮车，更多的人三五成群，手挽着手走在结冰的湖面上。据说，共振使整个湖面都摇晃起来，想着也是有些惊险的。人们踏着冰面来到三潭印月景区，与平日里只能乘船前往且无法靠近的三潭来了一个亲密的拥抱，这恐怕也是史上绝无仅有的一次。

2018年1月，大雪也在湖上纷飞了好几日，天气奇冷。湖心亭3.6万平方米的水域有80%的面积结了冰，不过冰层只有两三毫米厚。不少摄影爱好者拍下了西湖冰上的水鸟、冰下的残荷。一到这样的天气，连湖上的游船也要停开的，人们望湖冰兴叹，虽不能行走在湖上，但那一个凝固的冰湖，让游人的心获得了特别的安宁。

清 萧晨《踏雪寻梅图》(局部) 青岛市博物馆藏

雪霁[1]策蹇[2]寻梅

画中春郊走马，秋溪把钓，策蹇寻梅，莫不以朱[3]为衣色，岂果无为哉？似欲妆点景象，与时相宜，有超然出俗之趣。且衣朱而游者，亦非常客。故三冬[4]披红毡[5]衫，裹以毡笠[6]，跨一黑驴，秃发童子挈[7]尊相随，踏雪溪山，寻梅林壑，忽得梅花数株，便欲傍梅席地，浮觞[8]剧饮[9]。沉醉酣然，梅香扑袂[10]，不知身为花中之我，亦忘花为目中景也。然寻梅之蹇，扣角[11]之犊，去长安车马何凉凉[12]卑[13]哉！且为众嗤[14]，究竟幸免覆辙[15]。

---

1 雪霁：雪后转晴。
2 策蹇：此处指骑驴（寻梅）。策，鞭打的意思。蹇，驽马，亦指驴。
3 朱：红色。
4 三冬：指阴历冬天十月、十一月、十二月三个月，又是初冬（孟冬）、仲冬、晚冬（季冬）的合称。
5 红毡：用兽毛制成的片状物。
6 毡笠：用竹篾或棕皮等编制的遮挡风雪的帽子。
7 挈：执，提着。
8 浮觞：古人每逢三月三上巳节在环曲的水渠旁集会，在上游放置酒杯，任其顺流而下，停在谁的面前，谁就取饮。此处指饮酒。
9 剧饮：犹言痛快地豪饮。
10 袂：衣袖。

黄荣 袁培子绘 王震题 《周梦坡西溪探梅图》

11 扣角：典出《淮南子·道应训》。相传春秋时卫人宁戚，家贫，在齐，饭牛车下，适遇桓公，因击牛角而歌。桓公闻而以为善，命后车载之归，任为上卿。后遂以"扣角"指不遇之士自求用世，喻求仕。
12 凉凉：犹言薄凉，清冷。
13 卑：卑微。
14 嗤：讥笑。
15 覆辙：翻过车的道路。比喻前人失败的经验教训。

在古代文人眼中，梅花是品格高洁的象征，常常比喻在艰难境遇中依然坚持操守、凛然正义的灵魂。西湖作为世界文化景观遗产，其中重要的一点就是，西湖不仅山水交融，景色优美，而且具有人类精神家园的气质。具有独特精神气质的梅花正是西湖最有标志性的特色植物之一。湖上有三大赏梅地：孤山、灵峰、西溪。

孤山的梅花因"梅妻鹤子"的隐士林和靖而著名。"众芳摇落独暄妍，占尽风情向小园。疏影横斜水清浅，暗香浮动月黄昏。"和靖先生的这首诗让后世多少人寻香而来。深甫先生也曾在黄昏月下，走入梅林，恍坐玄圃罗浮。似乎甘于孤独的人总能发现最清绝的风景。孤山的梅花是清冷的，却也天地悠然。

灵峰也有梅。位于西湖之西，灵峰山下青芝坞的梅园有上千株梅树，品种也丰富。它的闻名似乎要晚些，但也遇到了知音。晚清民国时乌程（今浙江湖州）人周庆云在此补梅三百本，又建了补梅庵、掬月泉等景观，并撰有《灵峰志》传世。因此处山谷，梅花比别处的开得早，谢得晚，赏梅人络绎。

西溪的梅多长在竹外溪边，故更有野趣。与别处不同的是，去西溪赏梅宜坐船。舟行水上，曲水寻梅，那种迂回林野的曲折，给赏梅人带来"柳暗花明又一村"的惊喜。

作为一个生活美学家，深甫先生出游，会刻意关注适宜的服饰。在他的《遵生八笺·起居安乐笺·游具》中，专门谈到出游的服饰，并罗列了"竹冠""披云巾""道服""文履""道扇""拂尘""云舄"等。雪霁寻梅，该着何服饰呢？先生说，在绘画中"春郊走马""秋溪

清 《西湖风景图册·西溪探梅》 故宫博物院藏

把钓""策蹇寻梅"等题材,画中人物无不穿着红色的衣服,这难道真的是画家无意而为之吗?若想要装点景色,出行服饰需与时令相适宜,以体现高超不同于凡俗的趣味。懂得在雪天穿红色衣服而出游的人,并非寻常游客,必是有一定审美经验的生活家。深甫先生乐意践行这种美感体验。冬天披着红色毡制的衣衫,头上戴着皮草制成的宽檐帽子,骑一头黑驴,着秃发童子提着酒具跟随,踏雪来到溪山,在山林

绕屋梅花三十树
（清陈鸿寿篆刻）

问梅消息
（清陈鸿寿篆刻）

丘壑间寻找早开的梅花。猛然发现几枝悄然开放着，就想依傍着梅树席地坐下，痛快地饮酒，沉浸其间尽享快意。梅香浸染了衣衫，一时竟忘了自己身在树下，也忘了梅花是眼中的景色。

幽人踏雪寻梅所骑的驴、载着击角而歌不遇之士的牛犊，在常人看来，比之奔走在熙熙攘攘京城里的车马，要清冷卑微得多，这迂腐穷酸的样子，惹众人嘲笑。可谁又得知，远离尘嚣比起大道中相互倾轧而翻车，要幸运得多啊。

这是被梅花浸淫的灵魂。

宋人张镃（1153—1221）在《梅品》中列出二十六条赏梅品梅最适宜相称的条件，谓"花宜称"。淡阴、晓日、细雨、轻烟、佳月、夕阳、微雪、晚霞；清溪、小桥、竹边、松下、苍崖、绿苔、明窗、疏篱；有珍禽为伴，仙鹤为侣；弄铜瓶、结纸帐；林间吹笛、膝上横琴、石枰下棋、扫雪烹茶，更可为美人淡妆簪戴……梅下别有清境。

深甫先生正是这样一位明心淡泊的文士。雪霁策蹇，衣朱寻梅，在梅花还未盛放时，独自走在溪山林壑。他愿意去享受那些小小的惊喜，寻找天地间独有的乐趣，那些不为人知的感动。世间有多少风景是需要"寻"的心情来体味，寂寥是清格，闲情有深趣。

《湖山胜概·三茅观潮》（明万历年间陈氏刊彩色套印本）

三茅山[1]顶望江天雪霁

三茅乃郡城内山高处,襟带[2]江湖,为胜览[3]最欢喜地。时乎积雪初晴,疏林开爽,江空漠漠[4]寒烟,山迥[5]重重雪色。江帆片片,风度银梭,村树几家,影寒玉瓦。山径人迹板桥,客路车翻缟带[6]。樵歌冻壑,渔钓冰蓑。目极去鸟归云,感我远怀无际。时得僧茶烹雪,村酒浮香,坐傍几树梅花,助人清赏[7]更剧。

---

1 三茅山:为杭州吴山构成部分之一,位于西南。山上有三茅观。
2 襟带:衣襟和腰带。此处谓山川屏障围绕,地形险要,犹如襟带。
3 胜览:观赏胜境、美景。
4 漠漠:广阔迷蒙貌。
5 山迥:山势高耸。
6 缟带:形容乘车来往,雪随着车转动像翻起两条白色带子。
7 清赏:清心幽赏。

"三茅"是杭州城内山高之处，远眺可见钱塘江与西湖相互萦绕交错，是欣赏风景的绝佳位置。深甫先生所谓的"三茅"应指吴山南、七宝山东北的三茅宁寿观，原名三茅堂。"三茅"颇有些来历。传说，秦初咸阳有茅氏三兄弟，即茅盈、茅固、茅衷。这三兄弟同时得道成仙，谓"三茅真君"，自汉以来，为人们所崇祀。宋时，吴山上的三茅观极为显赫。原观内有北宋徽宗赵佶（1082—1135）所画的茅君画像，早已佚失。南宋时期，国力羸弱，屡受金人的侵袭。为求消灾免难，同时利用道教的教化功能，安定社会，巩固皇权，宋高宗于绍兴二十年（1150）为三茅观赐额"宁寿观"，将其列为"御前十大宫观"之一，并赐以南朝宋鼎、唐钟、玉靶剑、轩辕镜、七宝念珠、褚遂良小楷《阴符经》、吴道子《南方星君像》等七件皇家珍藏宝物，"七宝山"也因此得名。

南宋诗人陆游（1125—1210）在《行在宁寿观碑记》中写道："伏观宁寿观，实居七宝山之麓。表里湖江，拱辅宫阙。前带驰道，后枕崇阜，尽得都邑之胜……"一边是壮阔的钱塘江，一边是秀丽的西子湖，中间皇宫巍峨壮丽，后面是重重山峦，三茅观可真是胜地啊。元代诗人萨都剌（约1272—1355）曾作《三茅观》诗云："扬子江头春水涨，三茅观里碧桃开。道人不问天南北，夜半月高骑鹤来。"真是颇有仙气的地方。可惜，到了宋末元初，观内所藏珍物被掳掠一空。及至明太祖洪武初重建。成化年间，在观内建"昊天宝阁"，其"栋宇翚飞，金碧腾焕，登阁环盼江湖，渺归睫底"。

相传杭州西湖三杰之一、明代于谦（1398—1457）少年时曾寄读于三茅观，后人传诵的著名诗篇《石灰吟》即写于此。

深甫先生在雪后初晴时，登三茅观览江湖风景。

冬日，树木落了叶，眼界更为开阔爽朗。远远眺望，只见江天之间一片迷茫清冷的烟雾，远山覆盖着厚厚的积雪。江中片片帆影，船只往来穿梭。江畔有几户江村人家，屋舍俨然，瓦上白雪皑皑。山径中、木桥上有人在走动。有车在雪地里行走，车轮带起雪泥。冰冻的山谷里传来樵夫的歌声，穿着蓑衣的渔人敲开冰面凿窟钓鱼。放眼望天，目光跟随着飞鸟的行迹。彩云归来，那景色让人感怀，思绪无边无际。

这个时候，若有僧人供养的茶，以雪水烹之，或痛饮香醇的农家美酒，傍着几株梅花，如此，更助幽人清赏的雅兴了。

三茅观内原植有五代古梅数株，惜后毁于元顺帝至正辛巳年（1341）。元代诗人吴景奎（1292—1355）曾作《钱塘三茅观古梅五代时所植至正辛巳毁于火次韵》诗：

> 三茅琳馆倚嶙峋，五季枯梅带藓痕。
> 劫烧忽收香影去，孤根犹抱蕨株存。
> 翠禽梦断春无迹，玉树歌残月正昏。
> 不作杜鹃归阆苑，为烦逋老赋招魂。

20世纪30年代末，三茅观为侵华日军拆毁，然其规模甚大的遗迹如今仍依稀可辨。2008年夏，杭州市政府对三茅观遗址进行了考古发掘和清理，现已布置为三茅观遗址公园，一座小院落，木扉竹篱，倒也适合修身养性。

西溪道中玩雪

往年因雪霁，偶入西溪，何意得见世外佳景。日虽露影，雪积未疏[1]，竹眠[2]低地，山白排云。风回[3]雪舞，扑马嘶寒。玉堕冰柯[4]，沾衣生湿。遥想梅开万树，目乱飞花，自我人迹远来，踏破瑶[5]街十里，生平快赏[6]，此景无多。因念雪山苦行[7]，妙果[8]以忍得成，吾人片刻冲风，便想拥炉醉酒，噫！恣欲[9]甚矣。虽未能以幽冷摄心[10]，亦当以清寒炼骨[11]。

1　疏：清除阻塞使通畅。
2　竹眠：草木偃伏。
3　回：回旋。
4　柯：草木的枝茎。
5　瑶：美玉，喻美好。
6　赏：称心的玩赏。
7　苦行：一种修行方式，指故意用一般人难以忍受的种种痛苦来折磨自己。
8　妙果：佛教语，佛果、正果。
9　恣欲：放纵欲望，不能自我约束。
10　摄心：佛教语，摄收放散之心。
11　清寒炼骨：指锻炼卓绝之品格。

杭州很少下雪，人们总想看看银装素裹的湖山，于是，对雪颇有期待。"西湖十景"中有"断桥残雪"，所以，只要西湖下雪，断桥上望风景的人几欲"断桥"。明末张岱的《湖心亭看雪》描写了西湖静美深邃、皑皑阔远的雪景和作者遇知己的雪中情事，刻画了一颗遗世独立、卓尔不群、别有风趣的灵魂，堪称写西湖雪景最绝妙的美文。

深甫先生久居湖上，冬日里美不胜收的西湖于他而言已不足为奇。他记起往年雪后天晴，偶然来到西溪，不经意间发现了尘世之外的绝色美景，并将它列入冬季的赏心乐事。去西溪欣赏雪景与西湖看雪又有何不同呢？

素有"副西湖"美誉的西溪，在西湖北山之阴，由宝石山背陆行，绕秦亭山，沿山十八里。古时，若走水道，则由松木场进古荡。自古荡以西，并称西溪。这里溪流浅狭，不容巨舟，但曲水弯环，群山四绕，名园古刹前后踵接，又多芦汀沙溆。与西湖的明媚秀美相比，西溪更具有冷逸淡雅之趣。

雪后，虽然太阳露出形影，西溪的积雪却还未消融。"十里清溪曲，修篁入望深。"大片大片的竹林被雪覆盖，青青翠竹像是在厚厚的被褥下冬眠。山也被雪染白了头，排开云层，高高地耸立着。流风回雪，被寒风吹起的积雪扑打到马身上，连马都因寒冷而发出嘶鸣。走在西溪道上，路旁树枝上堆着的积雪冷不丁地掉落下来，落在了行人的身上，化水沾湿了衣衫。想起那时，万树梅花盛开，乱花迷眼。"花开十万家，一半傍流水。"与别处的梅不同，西溪多垂梅。游客西溪探梅，更适宜以船为车，以楫为马。这里地甚幽僻，多古梅，树干短且

西溪道中冬景

粗壮，形若黄山松。水岸边树茂花艳，临水照花，雪后愈加显得清绝冷艳。

若漫天飞雪，那些枕溪傍水的小楼庄墅便含烟若隐。雪后初晴，银迷草舍，玉映茅檐，房屋显出白色的轮廓，如腻粉铺就。秋雪庵为西溪最胜处，游人踏雪必到之地。芦苇被雪压低，冷寂凄美。弹指楼前，铺琼砌玉。眺望远山，飞鸟孤绝。玉树银装，孤舟泊岸。静中，一幅深远的山水雪景图铺展于眼前。

雪后大地一片白茫茫，风景是何等的相似。四百年前，深甫先生一个人从远地来到这里，走遍悠悠曲曲的西溪道，对他来说，这样的美景实在是不多见啊，真是平生痛快的幽赏之事。想想在雪山苦修的人，以坚忍修成正果。西溪道上寒风凛冽，深甫先生已想着要围着火炉吃酒去了。他嘲笑自己欲念太多，心里想着，虽然不能以幽深冷寂收摄心灵，也应该以清苦寒凉来锻炼风骨。其实，深甫先生只在乎眼中看到的雪景，在乎自己在风景里的一时感悟，色空之间，早已参透，"玩雪"是一件乐事，更是一种快乐的审美心态。享受西溪道中如此清畅的雪后胜境，何尝不需一颗超脱的心啊。

山头玩赏茗花[1]

两山种茶颇蕃[2],仲冬花发[3],若月笼万树,每每入山寻茶,胜处对花,默共色笑,忽生一种幽香,深可人意。且花白若剪云绡[4],心黄俨抱檀屑[5],归折数枝,插觚[6]为供,枝梢苞萼,颗颗俱开,足可一月清玩[7]。更喜香沁枯肠,色怜青眼[8],素艳寒芳,自与春风姿态迥隔。幽闲佳客,孰过于君[9]?

---

1 茗花:茶树开的花。
2 蕃:(草木)茂盛。
3 发:指开花。
4 绡:薄的生丝织品。
5 檀屑:檀香木屑。
6 觚:古代酒具,也作礼器,青铜制,喇叭形口,细腰,高圈足。此处指用于插花之器皿。
7 清玩:可供清赏之物,即雅玩。
8 青眼:青眼,表示对人、物的赏识或喜爱。
9 君:指茗花。

一壶山水

深甫先生对茶情有独钟,在他的养生著作《遵生八笺·饮馔服食笺》中谈到茶事的方方面面。他的家乡西湖南北两山种茶,茶树长得很茂盛。他不仅爱三春的茶,也爱仲冬的茗花。春天时,他要到龙井山中高卧一月,享受用虎跑水烹点的龙井茶。这是西湖自然山水的馈赠。冬日里,山上的茗花又成了他玩赏的主角。

农历十一月开茗花时,万棵茶树有如被月光照耀着,一片莹白。每次进山,寻到茶园风景佳处,便会默默与花相对,一副和颜悦色的神情。猛地,嗅到一种淡雅的清香,深深感到恰如人意。这茗花花瓣洁白,有如天上剪裁下来的片片白云,包裹着的花芯,微黄幽香,俨然如怀抱檀香屑。下山回程时，折取几枝，插入花觚中作清供欣赏。枝头的蓓蕾，个个都开放了，这雅致的瓶花足足可以欣赏把玩一个月。更令人欢喜的是，茗花香气沁人，使枯竭的才思都润泽了。花的颜色叫人垂青怜爱，显得素雅而美丽，带着冷峻的高洁，自然与在春天开的花有着截然不同的格调。所谓的清幽闲适的嘉宾，有谁能胜过这茗花的呢？案供瓶花一束，面对色态幽闲、丰标淡雅的茗花，日共琴书清赏，自是一段风雅。

读书、写字、弹琴、焚香、煮茗、谈棋、写画、吟诗、对酒、种花，深甫先生闲居的十雅事，被他写进《芳芷栖词》集。其中有一首《明月棹孤舟·茗花》这样写道：

香浮碧月花浮玉。蕊抱檀、心枝扑簌。偏傲霜寒，为怜露白，更不较开迟速。　水畔依依林畔竹，自不染、些儿尘俗。待得春回，香芽抽叶，煮蟹子松烟熟。

他以为茶事、花事，这样清雅的事，是要亲力亲为的。"嫩白娇红手自栽。枝枝叶叶满庭台。怜香蜂蝶为飞来。看竹牖，覆苔阶。一花零落一花开。"他还写有《盆史》，专著花事，可见爱花之真痴。

深甫先生玩赏茶花的事，还曾被同时代的文人屠本畯（生卒年不详）记录。屠之茶书《茗笈》中写道："人论茶叶之香，未知茗花之香。余往岁过友大雷山中，正值花开。童子摘以为供，幽香清越，绝自可人，惜非瓯中物耳。乃予著《瓶史月表》，插茗花为斋中清玩，而高

茗花

濂《盆史》亦载茗花，足以助吾玄赏。"这段话，让我们了解到明人玩赏茗花已成风气。而屠本畯的《茗笈》还谈到了"茗花可以点茶，极有风致"，不过作者并没有亲试，只是录存其事，供后人备考。

现代科学研究发现，茗花内含物质与茶叶大同小异，又各有特色。与茶叶相比，茗花中的蛋白质、茶多糖、活性抗氧化物质以及人体必需的氨基酸等成分含量较多，是一种优质的蛋白营养源，有很高的开发利用价值。茗花经过烘焙加工即可冲泡饮用，尤为适宜饮用淡茶的妇女儿童，还可与各种茶类混合饮用，兼有花香和茶香，别有一番风味。

登眺天目[1]绝顶

　　武林万山,皆自天目分发,故《地钤》有"天目生来两乳长"偈。冬日木落,作天目看山之游。时得天气清朗,烟云净尽,扶策[2]蹑巅,四望无际。两山东引,高下起伏,屈曲奔腾,隐隐到江始尽,真若龙翔凤舞。目极匹练横隔,知为钱塘江也。外此茫茫,是为东海。几簇松筠[3],山僧指云:"往宋王侯废冢。"噫!山川形胜,千古一日,曾无改移,奈何故宫黍离[4],陵墓丘壑,今几变迁哉?重可慨也!

1　天目:天目山在浙江省杭州市临安区西北,浙皖两省交界处山有两峰,峰顶各一池,宛若双眸仰望苍穹,由此得名。
2　扶策:即策杖之意。
3　松筠:松与竹。
4　黍:北方的一种农作物,形似小米,有黏性。离:行列貌。《诗经》有《国风·王风·黍离》。此处指国破家亡之痛。

天目山，地处浙江省杭州市西北部临安区境内。"凤舞龙飞，俯控吴越，狮蹲象踞，雄镇东南"的天目山为浙西诸山之祖，长江三角洲的屋脊。其由东西两山组成，两峰对峙，东天目高1479米，西天目高1506米，《山海经》里叫"龙首山"，又叫"浮玉山"。天目东西两峰之顶，各天成一池，如双目仰望苍穹，远古取名"天眼""浮玉"，至战国时开始有"天目山"的叫法。杭州西湖周边群山都属天目山余脉，所以在《地钤》这本书中，有"天目生来两乳长"的偈语。

冬日树木落叶，深甫先生到天目山游赏山景。他选择了一个天气晴朗的日子，山上的烟云飘散得一干二净。山势高峻，他拄着拐杖登上顶峰，四处眺望，山势无边无际。两条山脉高低起伏向东延伸，弯弯曲曲地像在奔腾，隐隐约约直到江边才完止，有如龙飞凤舞。眼睛所能看到的最远处，似有一匹长长的白绢横隔着，那就是钱塘江了。更远处，则苍苍茫茫，那是东海。望中有几簇青松翠竹的山岗，天目山当地的和尚指点：那就是宋时王侯的陵墓，早已淹没在荒草中了。

两晋时人郭璞（276—324）有一首流传久远的《天目山谶》，诗云："天目山垂两乳长，龙飞凤舞到钱塘。海门一点异峰起，五百年间出帝王。"五百年后，钱镠于天目山麓开创了吴越国，被尊为吴越王。吴越国三代五王，有国七十余年，正是这段时期，杭州逐渐发展成为东南地区经济繁荣的大都会。南宋绍兴八年（1138），宋高宗下诏定都临安。南宋皇宫便在原来隋唐州治、吴越王宫的基础上扩张兴建。从此，杭州成为南宋王朝的政治、经济、文化中心。南宋德祐二年（1276），议和求生的偏安王朝，终于走到了尽头，这座皇城终究

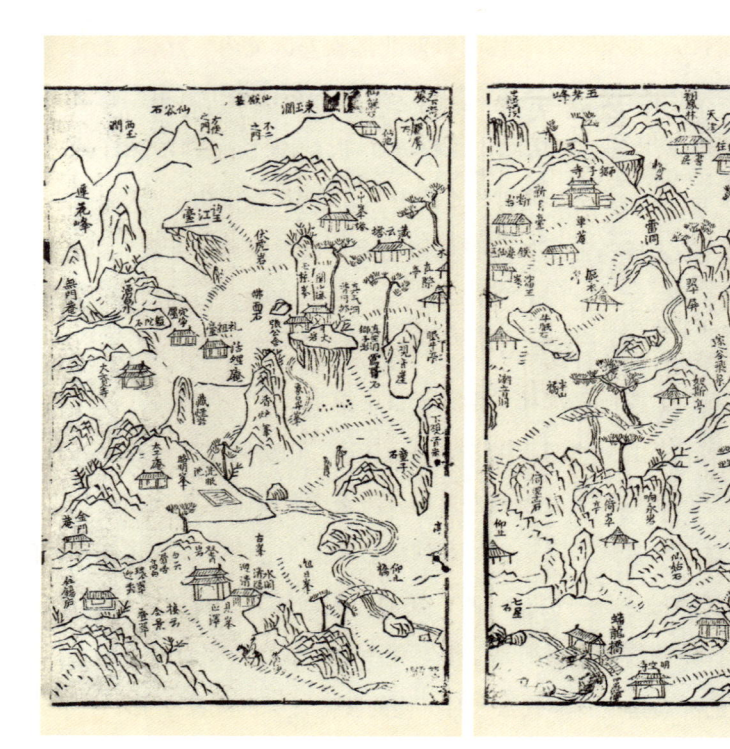

《新镌海内奇观·天目山图》（明万历年间武林夷白堂刊本）

还是在南宋皇帝宴游声乐中衰败没落了，元军攻入临安。元至元十四年（1277），南宋皇城被一场大火焚毁。至明代，以万松岭为界，南宋皇城的旧址成了荒郊野岭，慢慢消逝在历史的尘埃里。

站在天目山顶，深甫先生不禁感叹：自然山川的大好风景，千年如一日，不曾有改变，但故室宗庙尽成废墟，禾黍充斥，这些王孙贵族的陵墓土丘，又经过了怎样的变迁呢？真是令人万分感慨啊！

天目山于1956年被国家林业部划为森林禁伐区，作为自然保护区加以保护，1986年被公布为国家级自然保护区，1996年加入联合国教科文组织人与生物圈保护区网络。

天目山，地质古老，山体形成于距今一亿五千万年前的燕山期，是"江南古陆"的一部分；地貌独特，地形复杂，被称为"华东地区古冰川遗址之典型"；峭壁突兀，怪石林立，峡谷众多，自然景观幽美，堪称"江南奇山"；特殊的地形和冬暖夏凉的小气候促使该区域动植物的遗存和植被得到完整保护，成为全世界的一大奇迹，是我国中亚热带林区高等植物资源最丰富的区域之一。天目山地处中亚热带北缘，年平均气温14摄氏度，林木茂密，流水淙淙，造就了丰富的"负离子"和其他对人体有益的气态物质。这里的空气中负离子含量达每立方厘米十万余个，居同类风景名胜区之冠，负离子具有除尘、杀菌等功效，对呼吸道疾病有良好的疗效。天目山自然保护区自20世纪80年代中期开展以保护为中心的"生态旅游"，森林旅游、科学考察、疗养度假等特色旅游蓬勃发展。

山居听人说书

老人畏寒，不涉世故，时向山居曝[1]背，茅檐看梅初放。邻友善谈，炙糍[2]共食，令说宋江[3]最妙数回，欢然抚掌[4]，不觉日暮。吾观道左丰碑[5]，人间铭颂，是亦《水浒传》耳，岂果真实不虚故说？更惜未必得同此《传》世传人口。

---

1 曝：晒。
2 炙糍：烘烤糍粑。
3 宋江：施耐庵《水浒传》中水泊梁山农民起义军的领袖人物。
4 抚掌：即拍手，多表示高兴、得意。
5 丰碑：纪功颂德的高大石碑。

20世纪90年代初杭州老街巷书茶馆说书

深甫先生说自己岁数大了,冬天怕冷,也很少去过问世间的人事。倒是常去山中居留,在茅舍人家的屋檐下晒晒太阳,或是看看初开的梅花。某日座中遇到一位健谈的朋友,在一起烤糯米糍粑吃,请他说一说宋江故事中最精彩的章回片段。那人说得太好,使人听得很开心,不由得为他鼓掌。

说书,杭州人叫"说大书",可追溯到南宋。南宋吴自牧《梦粱录》中记载:"计史书者,谓讲说《通鉴》、汉唐历代书史文传、兴废争战之事,有戴书生、周进士、张小娘子、宋小娘子、邱机山、徐宣教。又有王六大夫,原系御前供话,为幕士请给,讲诸史俱通。""大书"是由杭州方言说表的评话,一人说表,只说不唱,用扇子、手帕作道具，以醒木拍桌来加强气氛，或重说表，或重演装，讲究口、眼、身、法、步，活灵活现，清中叶以后又有很大发展。直至民国时期，到杭州的书场、茶楼等场所吃茶听书，还是民间娱乐的重要形式。

说起取材于北宋末年宋江起义之事的《水浒传》，还真是与杭州颇有些因缘。这部长篇白话小说的雏形，最早就是从杭州的街谈巷议中诞生的。元朝那时候，汉族人备受歧视压制，各地不时有人聚集起义，民间假借前朝宋江起义的事件，来传播这些义事。起先都是单个的人物故事在民间流传，后来越传人物越多，情节越丰富，越神乎其神。《水浒传》的问世，可以说从事件发生的北宋到明代成书，将近三百年时间，人物故事一直在杭州民间慢慢孕育、成熟。相传，作者施耐庵（约1296—约1370）在杭州做过两年县尹，对宋、元时期盛行于杭州勾栏瓦肆的说唱技艺很有研究，书中很多事件都来自民间的说唱内容。所以成书后，也很容易被善谈的人改编成精彩的章回片段，不但老百姓爱听，连士大夫也爱听。

施耐庵还对杭州的地名非常熟悉，小说里的很多场景地就在杭州。西湖景物自不必说，春桃夏荷秋金菊，六桥三竺两高峰，三贤堂四圣观孤山路，灵隐净慈龙井峰，信手拈来，娓娓拢于笔下，叫杭州人听起来，就像是家门口的事情一样。比如宋江率领主力部队攻下秀州，决定进攻杭州城。队伍经临平山来到皋亭山，扎寨东新桥。兵分三路，进攻杭州城。其中一路从北新桥取古塘，过桃源岭在灵隐寺屯驻。北新桥始建于北宋年间，原名永安桥，位于杭州湖墅地区古老的运河之上，几经毁建，今名大关；古塘即今古荡；翻过桃源岭，右转约四里就是灵隐寺。宋江大军攻陷杭州后，又经六和塔、五云山、范村（今梵村），直杀过富阳……这些地名至今还在沿用中。

除了地名，《水浒传》里的杭州方言也是俯拾皆是，杭州话里代表性的"儿化音"更是随处可见。有人做过统计，仅第二十四回《王婆说风情》，运用杭州方言达一百余条、五百余处。其中，"干娘""后生""吃茶""菜蔬""点心"等，至今仍是杭州人的话语。

与杭州有关的人物景地就更深入人心了。《水浒传》三十六天罡星中，有十二人与杭州有关，其中十一人殒没于杭州；七十二地煞星中也有十人死于杭州。让二十一位梁山好汉魂归此处湖山，足见作者对杭州的情感之深。现在供人凭怀吊古的相关景地标志尚有涌金门的"浪里白条"张顺雕像、西泠桥畔武松墓、六和塔下鲁智深像等。

深甫先生山居听人说书，听得入心。冬天白日短，不觉太阳已西下了。他看见道路旁竖立的高大石碑，铭刻在上面的事迹，也如《水浒传》一样精彩。难道都是要真实不虚的故事才被人们声口相传吗？可惜那些石碑上记载的往事，未必能如《水浒传》一样代代流传。

明　陈洪绶《水浒叶子》之"张顺""武松"
（明崇祯年间武林刊本）

扫雪烹茶玩画

茶以雪烹，味更清冽[1]，所为半天河水是也。不受尘垢，幽人[2]啜此，足以破寒。时乎南窗日暖，喜无觱发[3]恼人，静展古人画轴，如《风雪归人》《江天雪棹》《溪山雪竹》《关山雪运》等图。即[4]假对真，以观古人模拟笔趣[5]。要知实景画图，俱属造化机局[6]。即我把图，是人玩景，对景观我，谓非我在景中？千古尘缘，孰为真假，当就图画中了悟。

1　清冽：指水澄清而寒冷。
2　幽人：避世隐居之人。
3　觱（bì）发：指寒风吹来。
4　即：靠近，接触。
5　笔趣：字画诗文表现的意态情趣。
6　机局：犹言程式格局。

茶用雪水来烹煮，味道会更清醇甘洌。天上降下的雨水、雪水被称为"半天河水"，此说源于医家。《史记·扁鹊仓公列传》记载，扁鹊（前407—前310）年轻时，曾在一旅馆里做服务生。有一位名叫长桑君的长者在旅馆一住就是半年多。扁鹊见其气质高雅，谈吐、举止不凡，对他极为恭敬。长桑君经过接触考察，认为扁鹊是一位可造之才，就送给他一包药，告诉他要用"上池之水"服用。扁鹊按照长桑君的教导方法服药，立刻心明眼亮，能隔墙看物，也能洞见人的五脏六腑，终成一代名医。这里的"上池之水"是指竹篱管或空穴内所积无污染的天落水。后来，医家把雨雪之水称为"半天河水"，其质最轻、味最淡，瀹茗远胜山泉水。还说，杭州人常饮这样的水，所以人文秀美，甲于天下。深甫先生是养生达人，又懂茶性，自然对泡茶之水颇为讲究。

"扫雪烹茶"在文人眼中是一件极雅的闲事。它的原典出自宋李焘（1115—1184）《续资治通鉴长编》，书中记载，宋代学士陶谷（903—970）得太尉党进家的歌伎。一日取雪水烹茶，问此伎："党太尉家不懂得这个吧？"歌伎回答："他是粗人，哪里懂得这些风雅的事情，到冬天他只会在销金暖帐里面，听歌伎低回婉转的歌声，饮羊羔美酒罢了。"后以"扫雪烹茶"为高人雅兴的典故。用不沾染人间尘埃污垢的雪水煮茶，让雅致高洁的人品饮，意境幽闲。南宋诗人陆游有一首《雪后煎茶》诗："雪液清甘涨井泉，自携茶灶就烹煎。一毫无复关心事，不枉人间住百年。"暂不关尘事，专注嗜茶，也是人生一乐。

此时，靠南边的窗下有冬日的暖阳，让人欢喜的是，没有寒风吹

南宋　夏圭《雪堂客话图》　故宫博物院藏

来恼人。静静地展开古人的画轴来欣赏。深甫先生家中藏有不少的古画,就冬雪这个主题的绘画作品就有《风雪归人》《江天雪棹》《溪山雪竹》《关山雪运》等。古之高人逸士,喜欢弄笔山水以自娱,为寄其岁寒情志,多写雪景。尤其是宋画中的雪景,不仅数量多,而且质量也堪称画坛一绝,据说这与中国中古时代的气候相对寒冷有关。无法确认深甫先生展开的具体都是谁人的作品。直至今日,我们能从各大博物馆、美术馆欣赏到许多古人的雪景图。如北京故宫博物院藏有南宋夏圭《雪堂客话图》,画中描绘了积雪欲融未化时的景色,有一种大自然的勃勃生机蕴藏在笔墨之间。中国国家博物馆藏有传为南宋李唐(1066—1150)所作的《雪窗读书图》,构图奇峻。大雪覆盖房顶和地面,柴门反关,读书人临窗把卷,心无旁骛,倒与深甫先生那日玩画有几分神似。画卷中的雪景是作者描绘的,门外的雪景则真,深甫先生通过欣赏绘画来考察古人师法自然的笔法意趣。要知道以实景为范本作的图画,都是有天地造化的程式与格局的。人在看画,是在欣赏景观。对着景观观照自己,难道不是自己也在景中吗?观摩眼前的画,便是与古人有千年的诗画缘分。什么是真?什么是假?应该从赏画中得到了悟。

  时过境迁,现代生活的环境和生活空间已经发生了翻天覆地的变化。空气污染严重,"扫雪烹茶"似难以保障水源洁净,起到调养保健的功效。若在冬天下一场雪,天地间,银装素裹,万籁俱寂,择一处山林清寂,围炉煮茶,把卷神游,还是可以做到的。

雪夜煨芋[1]谈禅

雪夜偶宿禅林，从僧拥炉，旋摘山芋，煨剥入口，味较市中美甚，欣然一饱。因问僧曰："有为[2]是禅，无为[3]是禅，有无所有，无非所无，是禅乎？"僧曰："子手执芋是禅，更从何问？"余曰："何芋是禅？"僧曰："芋在子手，有耶无耶？谓有何有，谓无何无，有无相灭，是为真空非空，非非空，空无所空。是名曰禅。执空认禅，又着实相，终不悟禅。此非精进[4]力到，得慧根[5]缘，未能顿觉。子曷[6]观芋乎？芋不得火，口不可食。火功不到，此芋犹生。须火到芋熟，方可就齿舌消灭，是从有处归无。芋非火熟，子能生嚼芋乎？芋相终在不灭。手芋嚼尽，谓无非无，无从有来。谓有非有，有从无灭。子手执芋，今着何处？"余时稽首[7]慈尊，禅从言下唤醒。

---

1 煨芋：将芋头直接放在带火的灰里烤熟。
2 有为：佛家谓诸种因缘所生之现象。
3 无为：佛家谓真理非由因缘造而成，故曰无为。
4 精进：佛家谓努力向善向上，对一切善法肯认真负责，精诚集中。
5 慧根：佛家谓一个人婴儿期的记忆，决定了人的特长和个性。
6 子曷：曷，副词，表示反问，相当于"何不"。子曷，你何不。
7 稽首：叩头到地。古代最为隆重的一种跪拜礼。

大雪纷飞的夜晚，深甫先生偶然借宿禅林。已不可知具体是湖上哪座寺院。

西湖周边的寺院是很可观的。杭州自东晋咸和元年（326）西印度僧人慧理来此结庵，兴建灵隐、灵鹫、灵峰、灵顺、灵山等五座修行道场始，开启了"东南佛国"的释家地位。明代田汝成在《西湖游览志余》中记载："杭州内外及湖山之间，唐以前为三百六十寺，及钱氏立国、宋朝南渡增为四百八十，海内都会未有加于此者也。"这里曾经高僧云集，佛学兴盛，是东亚乃至世界佛教祖庭的重要源出地。

那个雪夜，深甫先生与和尚一起围炉烤火。把刚刚摘下的山芋，放在火炉上烤熟后，剥去芋皮食用，感觉味道比集市上卖的好吃得多。于是欣然饱餐了一顿。

这场景似曾相识。唐代袁郊（生卒年不详）《甘泽谣》中记载了一则典故，名"懒残煨芋"。说的是唐天宝年间（742—756），李泌（722—789）在衡山寺借住读书，见识一位生性懒散的"懒残和尚"。他每天除了干一些杂活，就等着吃寺里和尚们的残羹剩饭。李泌发现这是一位不露真身的得道高僧，就深夜里悄悄前去拜谒，请求和尚指点迷津。懒残和尚从牛粪中取出一个烤熟的芋头，自己吃掉一半，剩下的递给李泌，李泌分十口才吃完。懒残和尚说："慎勿多言，领取十年宰相。"后来，李泌果然显达，一路荣升，并做了十年宰相。他也到杭州做过刺史，开凿六井，让杭州的百姓吃到了淡水。现在杭州井亭桥边还有相传为李泌所开的古井，后人为纪念他，故名"相国井"。清光绪七年（1881）秋，湘阴李桓为诗僧笠云在孤山西泠构筑"小盘

孤山西泠"芋禅"题刻

谷",室成,俞樾仿邺侯故事为其室取名"芋禅",刻于石壁上,壁间亦有题跋记其事,游者可前往一观因缘。

"懒残煨芋"即是与和尚交往或求取功名的出典。深甫先生当然不是为求功名而来。吃着美味,他向和尚讨教:"有为是禅,无为是禅,有无所有,无非所无,这是禅吗?"和尚答道:"你手上拿着的芋是禅,为何还有此问?"深甫先生问:"为什么说芋就是禅呢?"和尚答道:"芋在你的手中,是有还是无呢?说有,那有是什么?说无,那无又是什么?有无相灭,是为真空,非空、非非空,空无所空,这就叫禅。而执空认禅,又着实相者,始终不会达到禅的境界。这不是精进用力就能得到的智慧,无法顿悟其中的玄机。你如何看这山芋?芋由于未被火烤,人便不能食用,因为火功不到,这个山芋是生的。必须火到芋熟后,方可用牙齿和舌头去把它吃掉,这是从有处归于无。芋若非用火烤熟,你能生吃山芋吗?所以芋相始终不灭。你手中的芋吃完,就是无又不是无,因为无是从有中来的。说有又不是有,因为有会随无而灭。你手中拿着的芋,如今到了何处?"深甫先生听了和尚此番话语,起身稽首礼拜,以示敬谢。因为这一番言语,唤醒了他对禅的认识。

那位谈禅的和尚亦不可考了,倒让人对这东南佛国多了一份禅静和智慧的向往。冬日去西湖周边的寺院看看雪景、听听梵音是不错的选择。尤其灵隐、天竺一带,山林静谧,丛林古雅,宝相庄严,兴许能在道中遇见一二修行人,有缘便谈谈禅吧。

山窗听雪敲竹

　　飞雪有声,惟在竹间最雅。山窗寒夜,时听雪洒竹林,淅沥[1]萧萧[2],连翩瑟瑟[3],声韵悠然,逸我清听[4]。忽尔回风交急,折竹一声,使我寒毡增冷。暗想金屋人欢,玉笙声醉,恐此非尔所欢。

---

1 淅沥:犹言雨雪落下的声音。
2 萧萧:寒风之声。
3 瑟瑟:风声。
4 清听:谓耳聪善听。

元　吴镇《墨竹谱·雪竹》　台北故宫博物院藏

下雪的时候，人们多是用眼睛欣赏雪景，而深甫先生却是用耳朵来听的。听雪，本已显得与众不同，还说惟雪落竹林最雅。真正只有幽人才能懂的审美啊。他说，寒夜时在山间屋舍的窗下，听到雪洒落在窗外的竹林里，声音淅淅沥沥。想来，若刚开始是雪粒子，一定还在竹叶上弹跳,发出"哔哔啵啵"清脆的响声。待雪越下越大,连绵不断,翩翩飘下,瑟瑟簌簌,深甫先生居然从中听出了悠然的音韵来,这声音让他感到逸然清雅。忽然,一股旋转的寒风骤然急吹,只听得一声竹子被折断的声音,使他这个寒夜里清苦读书的人更加增了寒意。然而,这并没有让深甫先生感到凄清,反而想着那些在华美住宅里欢会的人们,正欢声笑语,笙歌四起,纸醉金迷中,恐怕听雪敲竹这样的快乐是他们享受不来的。

不可居无竹,无竹使人俗。深山古寺,幽篁疏影,历来是文人雅士的隐居佳境。深甫先生山居,寒夜临窗读书,掩卷听雪敲竹,听到了万物互动的声音,听出了内心独自的喜悦。天地大美而不言,倾听则明。这种静定生智慧的快乐,不可为外人道。

都市人大多住"鸽子笼",房前屋后难有空地,竹且难得一见,何处听竹?

听竹,亦可在画中。历代画家留下不少竹画作品,雪夜展画,竹林闻风雪。元代吴镇(1280—1354)有《墨竹谱》二十四开,为其画竹代表作。其中有幅《雪竹》,以淡墨草写雪意,枝叶或被雪掩映,或露出本真的颜色。对画亦闻声,那被雪压弯的竹子,似乎就要听到它一声断裂,却又隐而不发,雪竹的柔韧形态,及其暗含的张力,被画家表现得淋漓尽致。五代南唐徐熙(?—975)的《雪竹图》,描写江南雪后严寒中竹石覆雪的景象。石后三竿挺拔苍劲的粗竹,近旁是弯曲折断的竹竿,仿佛暴雪中刚发出迎挺与折断交织的声音,而一旁细嫩丛杂的小竹,则迎雪而立,生机盎然。精微写实的竹绘作品,亦

云栖竹径

可让观者大饱耳福。

　　湖上听竹,还可去云栖坞。这里"万竿绿竹参天景,几曲山溪不坠泉",这是一个清凉幽静的世界。清雍正时"云栖梵径"已被列入"西湖十八景",现在"云栖竹径"是"新西湖十景"之一。夏日长荫自不必说,冬天的云栖,竹林寂静,飞鸟啄雪。且听,风含情,老竹新篁雪后更加郁绿、幽雅。也许平时总在滔滔表达,生怕言不尽意,于此路口,突然默默。世界静了,净了。听雪敲竹。

　　回眸,博深甫先生一哂。

除夕登吴山看松盆

除夕惟杭城居民家户架柴燔燎[1]，火光烛天。挝鼓[2]鸣金[3]，放炮起火，谓之松盆[4]。无论他处无之，即杭之乡村，亦无此举。斯时，抱幽趣者，登吴山高旷，就南北望之，红光万道，炎焰火云，街巷分歧，光为界隔。聒耳声喧，震腾远近。触目星丸，错落上下。此景是大奇观。幽立高空，俯眺嚣杂，觉我身在上界[5]。

---

1 燔燎：谓焚烧柴禾祭天。
2 挝鼓：击鼓。
3 鸣金：敲锣。
4 松盆：杭城旧俗，除夕夜祭岁祀神以松枝燎院。
5 上界：天界，或佛之居所。

旧时除夕的晚上，杭州城里家家户户都要在庭院或家门口架起柴火燃烧，火光照亮夜空，全城敲锣打鼓，大家放炮仗点焰火，这就是称之为"松盆"的杭州旧俗。

"松盆"的习俗由来已久。南宋周密（1232—1298或1308）《武林旧事》卷三载："至除夜……至夜贲烛糁盆，红映霄汉。"明代田汝成《西湖游览志余·熙朝乐事》亦载有："（杭州）除夕，人家祀先及百神，架松柴齐屋，举火焚之，谓之糁盆，烟焰烛天，烂如霞布。"糁指粮食、油料等加工后剩下的渣滓。宋以降，杭州人家在除夕之夜，除了焚烧作物的渣滓外，还架松柴以焚烧。这种习俗十分普遍，明代杭州诗人沈宣（生卒年不详）在其《蝶恋花》中也有描述："锣鼓儿童声聒耳，傍早关门，挂起新帘子。炮仗满街惊耗鬼，松柴烧在乌盆里。写就神荼并郁垒，细马送神，多著同兴纸。分岁酒阑扶醉起，阖门一夜齐欢喜。"可见"松柴烧在乌盆里"是杭城除夕夜不可或缺的风俗。

隆冬岁末，点燃火盆，驱除寒冷，给人以温暖、明亮的感觉。古人曾用松枝和竹子做成火把，在庭中燃烧用以照明。竹节燃烧时发出爆裂声，这便是早期的"爆竹"。发明了爆竹以后，庭燎不再用竹。燃"松盆"民俗仍留了下来，其寓意不外是祭祖礼神，燎火避灾，除去旧年的灾晦，迎来新年的吉祥。而松柏之类的树枝燃烧有特殊的香味，可除秽气，亦有卫生、消除疾病的功效。再者，熊熊燃烧的烛火能协助人的阳气升发，驱逐阴气，使身心康泰。灯火通明，兆示吉祥，预征来年六畜兴旺，五谷丰登，财源茂盛，红红火火。

深甫先生也许并不爱热闹，所以他总觉得除夕之夜，杭州城里的

"松盆"最旺，周边没有能超过杭州的规模的。其实，庭燎"松盆"的习俗，南北皆有，有的地方甚至还一直保留到现代。这个带着幽雅趣味的人，在除夕之夜登到吴山的高处，以一种清冷的眼光欣赏着俗世的信仰。他俯视着城市，从南至北，只见红光万道，炎焰冲天，连天上的云也被映红了。街巷被照得很清楚，就以火光形成了界隔。满耳的喧哗声，震天欢腾，很远都能听见。眼前一片火光星点，高低错落。这种景象真算是一大奇观。

深甫先生幽静超然地在高处独立，往下俯瞰这鼎沸芜杂的俗世，突然有种不在人间在天上的感觉。

话说看热闹，杭州人老古话叫"城隍山上看火烧"。这句古话自有来历，旧时，杭城多板壁木构房屋，历来是火灾频繁的城市。南宋时杭州设有二十三座望火楼，有哨兵负责瞭望火警，城隍山居高临城，是瞭望火警的最佳位置。吴山上最后一座望火楼建于1907年，二十多年前已不再承担火警瞭望功能，逐渐退出人们视线，现在是杭州首个消防纪念馆。

近些年来，由于社会文明的进步和出于安全考虑，杭州和许多城市一样，都禁止燃放爆竹，像除夕吴山看"松盆"这样的风俗也早已淡出人们的生活。不过，所谓"移风易俗"，时代发展，城市日新月异，杭州人的"年"，倒是越来越红火了。

吴山旧影

雪后镇海楼[1]观晚炊[2]

满城雪积，万瓦铺银，鳞次高低，尽若堆玉。时登高楼凝望，目际无垠，大地为之片白。日暮晚炊，千门[3]青烟[4]四起，缕缕若从玉版纸[5]中，界以乌丝阑[6]画，幽胜[7]妙观[8]，快我冷眼[9]。恐此景亦未有人知得。

---

1 镇海楼：即杭州鼓楼。位于吴山东麓。
2 晚炊：此处指烧晚饭的炊烟。
3 千门：犹千家，指百姓门户众多。
4 青烟：烟之青者。此处指炊烟。
5 玉版纸：谓光洁坚致的宣纸。
6 乌丝阑：阑亦作"襴"，同"栏"。乌丝栏，版本学术用语。谓书籍卷册中，绢纸类有织成或画成之界栏，黑色的谓乌丝栏。
7 幽胜：幽静之胜境。
8 妙观：犹言精细观察。
9 冷眼：冷静之眼光，静观。

20世纪60年代鼓楼旧影

深甫先生说的镇海楼即杭州鼓楼，位于吴山东面，南边连着十五奎巷，北边临到大井巷，东面贴着护城河，西面靠伍公山，是清河坊历史街区的东面起始点。

这座楼古时为城守部队进行指挥瞭望巡逻传令的敌楼，其前身可追溯到隋代置杭州城，此地被命名为新城戍。五代钱镠（852—932）时出于军事和政治、经济的需要，在隋杭城的基础上修筑罗城，当时建了十座城门，此处为朝天门，朝天门上建有一座高楼。元大德三年

（1299），此楼重新修建，改称拱北楼。明洪武八年（1375）改称来远楼，后参政徐本（生卒年不详）又将此楼改名为镇海楼。据张岱《西湖梦寻》里记载，这座高楼"规石为门，上架危楼。楼基垒石高四丈四尺，东西五十六步，南北半之。左右石级登楼，楼连高十有一丈"。宋元时，这里设有钟鼓计时，故民间称之为鼓楼。

明正德年间（1506—1521），倭寇侵略浙江沿海，威胁杭城。镇海楼上置有大钟一座、大小鼓九只，作为报警之用。嘉靖三十五年

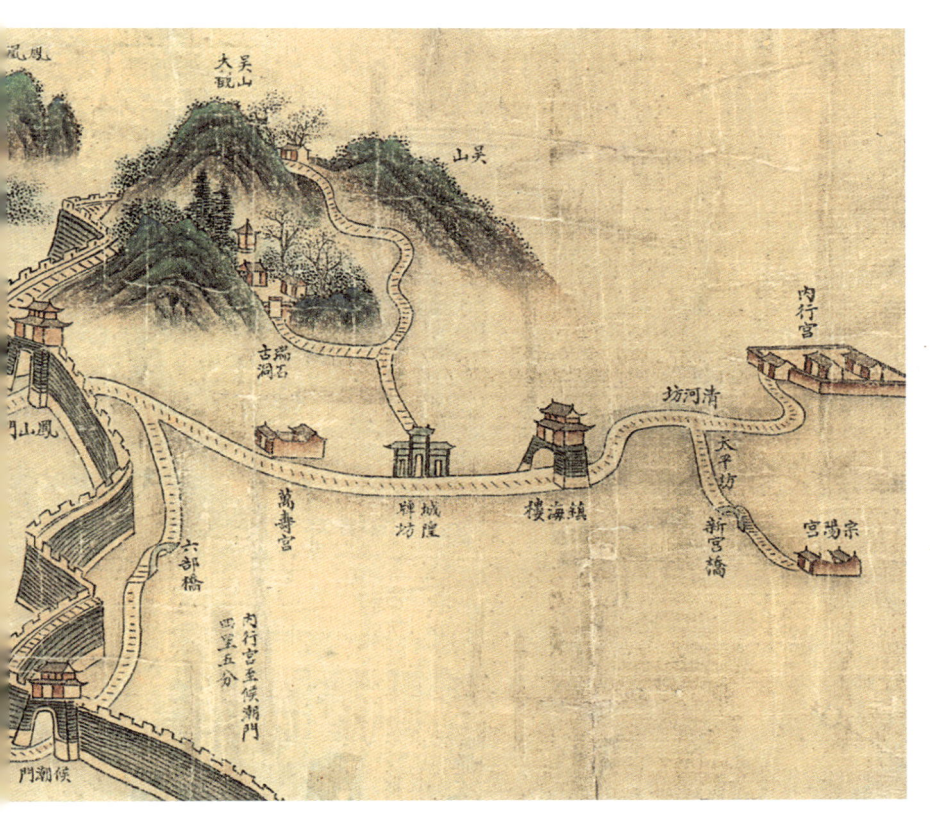

清 《西湖行宫图》（局部） 图中标有镇海楼的大致方位

（1556）火燹楼毁。浙闽总督胡宗宪（1512—1565）为防御倭寇侵扰，耗费巨资，花五年时间重建镇海楼。嘉靖四十年（1561）楼成，胡宗宪邀请其幕下门客、江南名士徐渭（1521—1593）撰写《镇海楼记》。徐渭的记虽仅六百余字，却受到胡宗宪的喜爱，作为润笔，得了二百二十两酬金，一度穷困潦倒的徐文长得以"买城南东地十亩，有屋二十二间"。其中一处取名"酬字堂"，还写有《酬字堂记》，一时传为佳话。

镇海楼近市区，自南宋以来，这边便是繁华地带。那日，深甫先生登上镇海楼已近日暮。站在高处俯瞰，整座城市满眼积雪，屋舍高低错落，瓦片上像铺满了白银，堆叠着白玉。向远处眺望，一眼望不到尽头，大地一片白茫茫。正是人家晚炊时，家家户户屋顶的烟囱里冒出青烟，一缕缕飘在洁净的雪国之上，就像光洁匀厚的玉版宣纸上，画着黑丝线界栏。这样的景象，真是幽雅的胜境、奇妙的景观，令人眼前一亮。恐怕这样的景致也是没有人能知晓的。

正所谓世间从来不缺少美，而是缺少发现。深甫先生独到的慧眼，即使是黑白的世界，也是一幅充满灵动之美的画卷。

可惜，1969年底为拓宽道路，这座古建筑被拆除，化为一片废墟。直到2001年，杭州市才决定在原有城墙遗址的基础上，重建鼓楼。新建的鼓楼仿明代建筑形制，五开间，二重檐歇山顶风格，木斗拱装饰。从鼓楼遗址中发现的古砖等文物，展示在底楼。登上二层，游客可击鼓鸣钟，发思古之幽情。如今，鼓楼与吴山城隍阁遥相呼应，已成为杭州地标性建筑。

附录

四时幽赏·在西湖的诗意栖居

《四时幽赏录》单行本高濂自序[1]

余雅尚幽赏,四时境趣虽异,而真则不异也。即武林一隅,幽境幽趣供人赏玩者,亦复何限!特好之者,未必真,人自负幽赏,非真境负人也。若能高朗其怀,旷达其意,超尘脱俗,别具天眼,揽景会心,便得真趣。况赏心幽事,取之无禁,用之不竭,跬步可得,日夕可观,真如清风明月,不用一钱买也。梦想神游,余将永矢勿谖矣。世果有何乐可能胜之耶?条录一册,愿与同调共之。

万历庚辰[2]腊月,钱塘高濂。

---

1 自序:本篇为高濂《四时幽赏录》单行本序。后《四时幽赏》散入《遵生八笺·四时调摄笺》。其《高子春时幽赏十二条》前,另有一序。其文附录如下:"高子曰:山人僻好四时幽赏,境趣颇真。即在武林,可举数事,录与同调共之。但幽赏真境,遍寰宇间不可穷尽,奈好之者不真,故每人负幽赏,非真境负人。我辈能以高朗襟期,旷达意兴,超尘脱俗,迥具天眼,揽景会心,便得妙观真趣。况幽赏事事,取之无禁,用之不竭,举足可得,终日可观,梦想神游,吾将永矢勿谖矣。果何乐可能胜哉?未尽种种,当以类见。"

2 万历庚辰:即万历八年,1580年。

清光绪二十年刊本《武林丛编·四时幽赏录》丁丙跋

右《四时幽赏》四十八事，散见于《遵生八笺》。竹舟先兄得单行刻本核之，《遵生》自序微有不同，拟汇入《武林丛编》，以配陈仁锡《西湖月观》、李流芳《卧游图跋》，忽忽归道山矣。今检故册，按高先生一号瑞南道人，《八笺》之外更著《雅尚斋诗草》，四库存目称其诗主于得乎自然，以悦性情，无复锻炼之功。与此随时即景，适性怡情，实一色笔墨。跨虹桥东山满楼，邈焉无迹，即录中景物，三百年来半非旧观。而风月常新，山水犹昔，诚游观者所宜奉为科律也。缘授梓人，以竟先兄之遗尚。

光绪癸巳冬至节，丁家山民松生丙识。

高子游说[1]

　　高子曰：时值春阳，柔风和景，芳树鸣禽，邀朋郊外踏青，载酒湖头泛棹。问柳寻花，听鸟鸣于茂林；看山弄水，修禊[2]事于曲水。香堤艳赏，紫陌醉眠。杖钱沽酒，陶然浴沂[3]舞风；茵草坐花，酣矣行歌踏月。喜鸂鶒[4]之睡沙，羡鸥凫之浴浪。夕阳在山，饮兴未足；春风满座，不醉无归。此皆春朝乐事，将谓闲学少年时乎！

　　夏月则披襟散发，白眼长歌，坐快松楸绿阴，舟泛芰荷[5]清馥，宾主两忘，形骸无我。碧筒[6]致爽，雪藕生凉。喧毕避俗，水亭一枕来薰；疏懒宜人，山阁千峰送雨。白眼徜徉，幽欢绝俗，萧骚流畅，此乐何多！

1　高子游说：录自《遵生八笺·起居安乐笺》，可看作高濂四季幽赏及其游冶思想之总论。
2　修禊：古代传统民俗，于农历三月上旬的巳日（三国魏以后始固定为三月初三）到水边嬉戏，以祓除不祥，谓之修禊。
3　浴沂：语出《论语·先进》："浴乎沂，风乎舞雩，咏而归。"后喻一种怡然处世的高尚情操。
4　鸂（xī）鶒（chì）：水鸟名。俗称紫鸳鸯。
5　芰（jì）荷：指菱叶与荷叶。
6　碧筒：指荷叶柄。

秋则凭高舒啸，临水赋诗，酒泛黄花，馔供紫蟹。停车枫树林中，醉卧白云堆里。登楼咏月，飘然元亮[7]高闲；落帽吟风，不减孟嘉[8]旷达。观涛江渚，兴奔雪浪云涛；听雁汀沙，思入芦花夜月。萧骚野趣，爽朗襟期[9]，较之他时，似更闲雅。

冬月则杖藜[10]曝背，观禾刈[11]于东畴；策蹇[12]冲寒，探梅开于南陌。雪则眼惊飞玉，取醉村醪[13]；霁则足躐层冰，腾吟僧阁。泛舟载月，兴到剡溪[14]，醉榻眠云，梦寒玄圃。何如湖上一蓑，可了人间万事。

四时游冶，一岁韶华[15]，毋令过眼成空，当自偷闲寻乐。已矣乎！吾生几何？胡为哉！每怀不足。达者悟言，于斯有感。山人游具，聊备如左。

---

7 元亮：即晋代诗人陶渊明，字元亮。
8 孟嘉：东晋时大将军桓温的参军。"孟嘉落帽"，形容才子名士的风雅洒脱、才思敏捷。
9 襟期：襟怀，志趣。
10 杖藜：谓拄着手杖行走。藜，野生植物，茎坚韧，可为杖。
11 刈：割草。
12 策蹇：即策蹇驴，乘跛足驴。比喻工具不利，行动迟慢。
13 村醪：村酒。醪，本意为酒酿，引申为浊酒。
14 剡溪：水名。曹娥江上游，在浙江东部。
15 韶华：指美好的时光，多用作形容时光。

后 记

　　自古以来，中国的文士对生活情趣有着丰富的追求，对养生之道更是热衷探索。晚明士人将日常生活纳入审美范畴，同时也负载着文学、历史与社会的深沉感，他们着眼细微、洞见真趣，有着率情而适志的审美心态，让后人在清静古雅的文字里遇见一个个释然安逸的灵魂。

　　生活在明嘉靖、万历年间的高濂就是这样一个有趣的灵魂。他不仅能诗，藏书、赏画、论字、侍香、度曲无不精通，有传奇剧本《玉簪记》传世，更有《遵生八笺》这样一部养生学集大成的著作深受后世识者宝爱。作为高濂的乡亲，偶然读到《四时幽赏录》，四十八篇短小隽永的文字，抒写游历与感悟，桩桩件件家门口的赏心乐事，怎不叫人心领神会，寂静欢喜。岁月不居，沧海桑田。正如八千卷楼楼主丁丙在将之编入《武林掌故丛编》时写道："录中景物，三百年来半非旧观。而风月常新，山水犹昔。"四百多年后，高濂的家乡成为世界文化景观遗产，他提供的知行与理用给合、幽赏万物真趣的游观角度和审美境界，诚可为后世游观者奉为科律。

　　自古西湖边"幽赏者""玩家"不胜枚举。记得著名茶文化学者阮浩耕先生曾对我说："玩儿也是要学习的。"倏忽间，我在西湖边生活工作了三十余年，这期间有幸在中国茶叶博物馆、西湖博物馆、韩美林艺术馆等三家博物馆（艺术馆）从事文化艺术研究，并参与了西湖申报世遗的工作。近期，又转岗至西湖世界文化遗产监测管理中心。虽然平凡忙碌，但一直是以"玩"的心态在生活。平日里一有空，便约上三五好友，走读西湖。徜徉湖边，晨昏晴雨，寒暑四季，眼波流转，无不是风景；喝的茶、聊的天、拿起放下的工作，无不是西湖。深感此生幸福，并想把这种慢慢走，欣赏风景的简单幸福传递分享出去。

当接到浙江摄影出版社的邀约撰写"逸致文丛"时，我们想到了高濂。在西湖热门景点被踏破门坎、拥挤不堪时，在当代人被各种焦虑情绪消耗能量、无法拨冗时，想与读者一起，追随深甫先生，从另一个角度游赏西湖，从另一个侧面看待生命的意义。是为此书的初心。

人生实难。把一生过好，人尽其才，物尽其用，又不用力过猛，耗精费力，这是生命的智慧。如何抱元守一，以至混沌如绵？如何让自己柔软起来，聚集能量，欢喜心从事？如何理解君子和而不同的思想，让自己内心丰盈，宽广温润？……这些，都藏在《四时幽赏录》里。

把风景看遍，发现诗和远方，就在身边。

从开题到付梓，整整一年。走过四季，走进四十八种风景。书成，感谢洪尚之先生在西湖学研究上的引领，感谢摄影社的鼓劲与支持，感谢小伙伴们陪伴我写作，我写一篇，你们看一篇、评论一篇的写作过程是愉快而幸福的。

感恩西湖，我们的精神家园。

陈云飞

癸卯立夏于积香居

南宋 《西湖春晓图》 故宫博物院藏

图书在版编目（CIP）数据

四时幽赏：在西湖的诗意栖居 / 陈云飞编著. -- 杭州：浙江摄影出版社，2024.4
（逸致文丛）
ISBN 978-7-5514-4677-8

Ⅰ.①四… Ⅱ.①陈… Ⅲ.①小品文—作品集—中国—明代 Ⅳ.①I264.8

中国国家版本馆CIP数据核字(2023)第160996号

SISHI YOUSHANG　ZAI XIHU DE SHIYIQIJU
四时幽赏：在西湖的诗意栖居
陈云飞　编著

_____

责任编辑：张　磊　潘洁清
装帧设计：程　晨
责任校对：高余朵
责任印制：汪立峰
图片摄影：楼　明　董　瑜　吴海森　汪建伟　郭晓炜
　　　　　张圣东　虞　韬　林　陌　胡　展　景迪云

全国百佳图书出版单位
浙江摄影出版社出版发行
地址：杭州市体育场路347号
邮编：310006
网址：www.photo.zjcb.com
制版：浙江新华图文制作有限公司
印刷：浙江海虹彩色印务有限公司
开本：880mm×1230mm　1/32
印张：8
字数：169千
2024年4月第1版　　2024年4月第1次印刷
ISBN 978-7-5514-4677-8
定价：65.00元